Élodie
Vallée Wielgosz

Les irradiés d'Égavar

Tome 1 : Les affres du temps

ROMAN

Ce livre est une œuvre de fiction. Les noms, les personnages, les lieux et les événements sont le fruit de l'imagination de l'auteur ou utilisés fictivement. Toute ressemblance avec des personnes réelles, vivantes ou mortes, des événements ou des lieux serait pure coïncidence.

ISBN : 979-8-575-60835-6

À *la mémoire de mon grand-père,*
car les grands hommes
ne sauraient mourir.

- PROLOGUE -

Ses oreilles crépitaient, sonnant le glas. Cela commençait, ce n'étaient pas des fadaises, ni des récriminations fatalistes d'écologistes en colère. Cela venait... L'atmosphère était brûlante, sa gorge était sèche et il avait comme un goût de métal dans la bouche. Il était en sueur, les draps étaient trempés. Léonie dormait paisiblement à ses côtés. Que l'ignorance était belle... Comme il aurait voulu, lui aussi, s'y abandonner. Alors en quelques secondes, son passé, ce qui avait été sa vie, tout ce qu'il avait accompli se mit à défiler derrière ses yeux perdus dans le vide.

Julius se revoyait, enfant courage, serrant les dents sous les coups de sa mère. Ses yeux s'éclairant d'une joie intense, lorsque la silhouette de son père se dessina au loin, à la lueur du jour qui déclinait. Ce dernier avait survécu à la guerre, mais un autre fardeau l'attendait sous son toit. Il se rappelait son visage livide, lorsqu'il avait découvert l'existence de sa sœur et de son jeune frère : preuve irréfutable de la tromperie de sa mère. Après cela, son père ne fut plus jamais le même et sombra doucement dans l'alcool, cherchant ainsi à se noyer dans l'oubli. Une dizaine d'années plus tard, Julius goûtait les joies de la jeunesse, posant fièrement devant sa première voiture, une deux-chevaux, qu'il avait réparée de ses mains. Puis, son ascension dans le monde du travail, de simple ouvrier il était devenu dirigeant de son propre garage. Il revoyait les yeux bruns, brillants d'exaltation, de son premier amour. La naissance des deux magnifiques enfants qu'elle lui avait donnés, avant de disparaître dans les rouages de la vie. Il avait été plus heureux que beaucoup d'hommes. Mais ce que le destin lui avait donné, lui avait été repris avec la même facilité qu'un nuage chassé par la brise. Ils s'étaient aimés d'un amour puissant, fusionnel et tellement passionnel sous la fougue de la jeunesse. Elle avait été son grand amour et la douleur de sa perte n'avait pas entaché la plénitude du bonheur qu'ils avaient vécu. Cet amour vivait en lui et ne pouvait s'éteindre. Il vivait avec Léonie un amour différent, plus serein, elle était son refuge et son havre de paix.

Un bruit strident le ramena à lui.

Par la fenêtre, un faisceau de lumière fendait le ciel en deux, plus haut et toujours plus haut ; si bien que l'on aurait pu se croire en pleine journée, si la lumière n'avait pas été d'une pâleur extrême, translucide.

Il secoua vivement sa femme par les épaules. Mais il n'eut pas à prononcer un mot, à la vue de son visage, elle comprit. N'emportant rien dans la frénésie de leur fuite, ils se précipitèrent à l'extérieur ; courant comme ils ne l'avaient jamais fait. Leur vie ne tenait plus qu'à un fil et ils le savaient.

La population se massait dans les rues, beaucoup étaient perplexes et ne comprenaient pas ce qui se passait. Ils regardaient le ciel avec étonnement, telle une foule transie devant un feu d'artifice des plus lugubres.

Le faisceau de lumière n'était plus qu'une immense brèche, qui semblait s'étendre des cieux jusqu'à l'ultime extrémité de la terre.

La faille dans le ciel s'étira, s'étira et explosa dans une détonation assourdissante.

Léonie et Julius ne tenaient plus sur leurs jambes. C'était comme s'ils avaient été frappés par un métal lourd et que les ondes du choc se répercutaient à l'infini, à l'intérieur de leur corps.

Ce fut le début du chaos, l'électricité sauta, tout devint noir. Puis, il y eut une centaine de déflagrations simultanées, la voute céleste éclata pour de bon, répandant des sphères de feu qui scindaient le ciel dans toutes les directions.

Les gens hurlaient, agonisaient, brûlaient.

Ils virent une femme muée en statue de cendre avec son enfant dans les bras.

Des corps, à moitié calcinés, rampaient sur le sol pour se jeter de leurs dernières forces dans la rivière.

Alors, la surface de la terre sembla exploser en mille morceaux et le monde sombra dans le néant.

- ANNAËLLE -

Le visage d'une jeune fille, à la longue chevelure brune comme la nuit, se reflétait dans la vitre du train. La silhouette longiligne, le teint légèrement hâlé par le soleil d'été, ivre de vie, Annaëlle rayonnait à l'aube de ses seize ans. Son reflet lui renvoyait son regard, un regard envoûtant d'un vert d'émeraude. Assis en face d'elle, Morgan s'empiffrait bruyamment de chips. Le soleil éclairait ses yeux gris comme l'orage. Des taches de rousseur parcheminaient ses pommettes et ses cheveux châtain clair, aux reflets roux, commençaient à lui tomber dans les yeux. Il avait seulement un an de plus qu'Annaëlle mais sa barbe naissante et ses cernes sous les yeux le faisaient paraître plus âgé. *Il se laisse aller en ce moment* se désola-t-elle en le regardant du coin de l'œil, Morgan était comme un frère pour elle. Annaëlle concentra à nouveau son attention sur les paysages qui défilaient devant ses yeux, nourrissant ainsi son insatiable imagination, d'histoires qu'ils lui inspiraient.

Ils avaient pris place à bord d'un train, en direction du pavillon de vacances d'Annaëlle, en

Normandie. Voisins et amis d'enfance depuis leur plus jeune âge, ils fréquentaient le même lycée. Le plus naturellement du monde, Annaëlle lui avait proposé de venir passer les vacances d'été dans sa famille en Normandie. Le père de Morgan venait de perdre son travail, partir en vacances n'était donc pas à l'ordre du jour pour eux. Le pauvre se serait ennuyé à mourir dans leur petit village, déserté durant l'été…

S'ils avaient su ce qui les attendait, sans doute auraient-ils préféré faire les cent pas dans les allées du village, à la recherche d'occupations.

– Tu ne pourrais pas faire moins de bruit ? le gronda gentiment Annaëlle.

– T'en veux ? marmonna Morgan, la bouche pleine.

Annaëlle acquiesça en riant. *Il fallait toujours qu'il se goinfre quand quelque chose le tracassait…* pensa-t-elle.

Il lui tendit le paquet de chips.

Le train s'ébranla, s'immobilisant aussi brutalement que s'il avait heurté un mur invisible.

Brusquement, ils furent projetés contre leur siège.

Morgan, ahuri, reprit ses esprits, massant vigoureusement son cou endolori.

Regardant autour de lui, il s'écria perplexe :

– Annaëlle, regarde ! Les gens ne bougent plus !

Que se passait-il ?

Le temps leur faisait soudain l'effet d'être figé et

pour cause, les passagers du train s'étaient immobilisés lorsque le train s'était arrêté.

La famille assise à leurs côtés s'apparentait à des statues de pierre : la partie de cartes des enfants restait suspendue dans le temps. La fillette blonde tenait une carte à bout de doigts, qu'elle s'apprêtait à jouer lorsque le temps s'était arrêté, l'immobilisant dans cette posture.

Morgan se leva, pris d'anxiété.

Il s'approcha des passagers, les interpella, leur fit de grands gestes et alla même jusqu'à les secouer vigoureusement, sans résultat. Ils restaient impassibles, immobilisés par une force inconnue.

De son côté, Annaëlle, bien qu'étrangement épargnée par le phénomène, était paralysée, incapable de prononcer le moindre mot. La peur lui tenaillait les entrailles. Lorsqu'elle parvint à sortir de sa torpeur, elle se leva pour rejoindre un Morgan à la panique grandissante.

Alors, un nouveau choc les projeta au sol.

L'obscurité les assaillit, le sol se déroba sous leurs pieds, tout n'était plus que néant ; rien ne subsistait.

Triste aperçu du passage de la vie au trépas. Étaient-ils toujours en vie ?

Le vide était omniprésent, un vide infini et inqualifiable tel que l'homme ne pouvait le concevoir. Cela ne dura que quelques instants, qui leur parurent pourtant une éternité.

La lumière revint et ils sentirent le sol en dessous d'eux et la terre sous leurs doigts.

Quand ils parvinrent à se relever, après de longues minutes passées dans l'obscurité, le train s'était volatilisé et ils se retrouvèrent au beau milieu d'une grande place.

Autour d'eux, tout paraissait sinistre, vieux et abîmé : comme si l'endroit avait subi un événement ravageur, qui avait laissé cet incontournable sentiment de dénuement... En face d'eux se trouvait une église, ou plutôt ce qu'il en restait. Mais l'environnement n'aurait pas été aussi angoissant, s'il n'y avait pas eu tous ces gens.

C'était jour de marché, la population se massait dans la rue sale aux pavés cassés disséminés çà-et-là. Les hommes avaient une apparence disgracieuse : barbes irrégulières, teints sombres et visages anxieux étaient monnaie courante. Quant aux femmes, elles se trouvaient dans un état tout aussi pitoyable : des cheveux rêches et malpropres tombaient sur leurs épaules frêles, telles des mauvaises herbes se répandant dans un jardin laissé à l'abandon. Vêtues de misérables loques, haillons, comme leurs compagnons, qui ne les préserveraient guère longtemps lorsque l'hiver se présenterait. Les enfants étaient rares, et ceux qui déambulaient dans les rues sales, ne connaissaient que la misère et la faim. Ils étaient bien loin de connaître l'innocence et la joie de vivre de l'enfance heureuse.

Annaëlle et Morgan découvraient une ville en ruine, dépourvue du moindre sentiment de gaîté. Beaucoup de ces malheureux ne semblaient pas pouvoir se payer le moindre repas. Mais ils se pressaient tout de même devant les stands de fortune, qui servaient des plats chauds donnant l'eau à la bouche, en suppliant les marchands. Abordant des stands aux bibelots surprenants et à la nourriture rare et désirée, ils étaient de plus en plus désemparés par l'univers qu'ils découvraient peu à peu.

Le cœur serré, les deux amis passaient devant des corps inertes, étendus sur les trottoirs auxquels personne ne prêtait attention.

Avançant parmi cette horreur, sans comprendre, sans savoir quoi faire. Comme dans un rêve, ils étaient spectateurs de ce cauchemar et n'attendaient qu'une chose : se réveiller, revenir à la réalité.

Annaëlle se pinça au sang à plusieurs reprises, sans autres résultats qu'une douleur aiguë.

Elle ne rêvait pas, comment était-ce possible ?

Le pied de Morgan heurta un objet au sol.

Il s'agenouilla pour ramasser un morceau de parchemin boueux qui partait en lambeaux. Il leva vers Annaëlle ses grands yeux gris ombrageux comme le brouillard. Alors, le cœur de cette dernière rata un battement : avant même qu'il ne parle, elle pressentit que le pire restait à venir. La folle et dure réalité résonna durement à ses oreilles.

– Regarde la date Annaëlle !

Elle se pencha pour mieux voir la calligraphie, de toute évidence, cela avait été écrit à la main.

Elle retenait son souffle et finit par s'écrier d'une voix sonore :

– Mais comment… Il est daté du dix avril 2080 !

Son cerveau assimilait tant bien que mal l'information.

Ils avaient fait un bond dans le temps ! C'était impossible ! Ça ne pouvait être qu'une mauvaise plaisanterie…

Les jambes d'Annaëlle ne la portaient plus, Morgan l'entraîna à l'ombre d'un vieux chêne où elle s'écroula.

La jeune fille ferma les paupières très fort, puis les rouvrit, pleine d'espoir. Mais Morgan était toujours là, le visage sombre, décontenancé. Il se tenait debout, face à elle, avec à la main encore ce maudit parchemin. Elle le lui arracha des mains. Elle constata que mise à part la date, la boue le rendait illisible.

Elle le jeta au loin puis se releva, tremblante.

Durant toute la journée, ils errèrent sans but, cherchant une issue qui se révélait introuvable, voire inexistante.

Les regards curieux des passants étaient inquiétants, *sans doute leurs vêtements leur paraissaient-ils étrangement dépareillés à l'environnement,* songea Annaëlle. Ce qui était on ne peut plus vrai.

La nuit commençait à tomber et les lieux étaient de plus en plus malfamés, ils croisèrent sur leur route quantité d'ivrognes et autres personnages qui entretenaient des conversations enflammées avec nul autre qu'eux-mêmes.

Annaëlle se tourna vers Morgan des larmes dans les yeux. *Elle ne pouvait pas envisager de dormir dans la rue, avec tous ces rôdeurs… Où seraient-ils en sécurité ? Qu'allaient-ils devenir ?*

- TEDDY -

Il faisait de plus en plus noir, derrière la vitre de sa caravane le vieux Teddy observait les deux gamins.

Ils ont l'air complètement paumés ces deux-là ! Ces jeunes tombaient du ciel !

Décidé, il sortit et s'approcha d'eux à pas feutrés.

– Bonsoir les mômes, qu'est-ce que vous faites là tout seuls dans l'noir ?

Annaëlle sursauta. Morgan se plaça devant elle sur la défensive.

Teddy leva les mains en l'air en signe d'apaisement :

– Oula, j'vous veux rien d'mal moi. Il haussa les épaules. J'vous ai vus tout seuls et j'me suis dit qu'vous aviez peut'être besoin d'aide…

Morgan se détendit un peu.

– C'est… gentil monsieur.

– Teddy.

– Peut-être que vous connaissez un endroit sûr où on pourrait passer la nuit…

– Bah, vous en faites pas pour ça ! Y sera pas dit qu'le vieux Teddy a laissé des mômes dormir dans la rue par les temps qui courent ! Il cracha au sol. Voyez derrière c'est ma caravane, y a dl'a place pour vous si vous voulez dormir tranquilles.

Morgan jeta un regard interrogateur à Annaëlle qui acquiesça silencieusement. Ils n'avaient pas d'autres choix et Teddy était un vieux monsieur d'allure sympathique.

Que pouvait-il leur arriver de pire ?

La caravane avait une allure miteuse, mais il y régnait un sentiment chaleureux, comparé au carnage du dehors. Le vieil homme leur désigna un canapé crasseux, qu'il entreprit de déplier malgré les grincements de protestation de l'armature métallique.

– Si c'est pas indiscret…Vos parents, y savent qu'vous traînez dans l'coin tout seuls ?

– On est … commença Annaëlle.

– Orphelins ! continua Morgan. Nos parents sont morts.

–Arf c'est triste ça les petiots… Ça arrive souvent par ici.

Annaëlle haussa les sourcils :

– Ah oui ? Si souvent que ça ?

– Bah vous savez bien ! Avec tout c'qui s'passe… Les temps sont fichtrement durs !

Morgan donna un coup de coude discret à Annaëlle, qui ouvrait de grands yeux interrogateurs et marmonna :

– Oui les temps sont durs pour tout le monde…

– Bon vous d'vez être fatigués, passez une bonne nuit les petiots !

– Bonne nuit ! lui répondirent-ils en chœur, tandis qu'il se dirigeait, le regard absent, vers une minuscule chambre au fond de la caravane.

Désorientés et épuisés par les événements de la journée, Annaëlle et Morgan eurent tôt fait de tomber dans les bras de Morphée.

- ANNAËLLE -

Tout naturellement Teddy, qui exerçait en tant que marchand ambulant, proposa à Annaëlle et Morgan de voyager avec lui à bord de sa roulotte tirée par des chevaux. Ils avaient l'impression qu'il se questionnait à leur sujet. Il devait bien sentir qu'ils lui cachaient quelque chose. Annaëlle s'enjoignait à la prudence, car bien qu'il leur semblât digne de confiance, il serait dangereux de le mettre dans la confidence. *Sans doute les prendrait-il pour des fous, bons à enfermer dans un asile ! Non, décidément l'honnêteté était un luxe qu'ils ne pouvaient pas se permettre.*

Durant toute une semaine, ils voyagèrent de ville en ville ravagée, de marché en marché, derniers vestiges d'un passé révolu…

Le premier jour, ils s'aventurèrent sur des routes anciennement parfaites, qui à présent tombaient en ruine. Sous un soleil de braise, de grandes collines se déployaient bien haut dans le ciel, des petits ruisseaux s'entremêlaient, des arbres arboraient leur chemin et des herbes sèches, montant d'au moins un mètre, dissimulaient une terre craquante où néanmoins s'épanouissaient quelques rares fleurs.

Annaëlle demeurait rêveuse face à ce paysage. Elle s'imaginait que ce lieu avait autrefois recelé d'abondantes fleurs et d'une herbe de velours. Dans son songe éveillé, elle apercevait un jeune couple d'amoureux se pourchassant joyeusement, pieds nus dans la nature. Son imagination était débordante et les scènes qui traversaient son esprit lui semblaient d'un réalisme surprenant. Depuis sa plus tendre enfance, ses visions faisaient partie de son quotidien. Lorsqu'un jour, elle les avait évoquées à sa mère, celle-ci lui avait assuré sur le ton de la confidence, qu'elle était spéciale. Annaëlle n'avait pas compris tout de suite ce qu'elle avait voulu dire par là. Puis en grandissant, l'envie de créer lui avait petit à petit enserré les entrailles. C'était un besoin impérieux, dont elle ne pouvait se défaire. Dès lors, elle avait commencé à peindre. Elle se plongeait dans son art avec la force du désespoir, comme si rien n'était plus important que de mettre sur la toile, les images qui défilaient dans son esprit. Lorsque sa mère avait vu sa première peinture, émue aux larmes, elle lui avait dit qu'elle avait un don. Annaëlle se demandait souvent si son imagination n'avait pas ouvert un gouffre en elle, laissant place à la folie, à ce songe qui n'en était pas un. *Tout cela était-il vraiment réel ? Etaient-ils vraiment dans le futur ?*

Morgan était là et grâce à lui elle savait qu'elle

ne rêvait pas… Sans lui elle aurait été totalement perdue. Sa présence la réconfortait et lui permettait de garder les pieds sur terre dans ce futur des plus sinistres.

Leurs déambulations sur les marchés étaient très instructives. Dès qu'ils changeaient de ville, les étals devenaient très différents. Une vieille dame vendait des bougies aux senteurs envoûtantes. D'autres marchands étaient aussi des artisans qui savaient faire naître des personnages étrangement réels dans du bois. Des magiciens du verre créaient des figurines insolites. Toutes ces belles œuvres étaient vendues à moindre prix. Mais même la beauté de ces découvertes, ne parvenait pas à leur faire oublier le futur chaotique dans lequel ils évoluaient jour après jour.

Ils ne firent pas que flâner durant cette semaine, qui leur parut éternellement longue. La plupart du temps, ils aidèrent Teddy à vendre sa marchandise, essentiellement constituée de pendules aux aiguilles tordues, de peaux de bêtes et de bibelots étranges. Le tout renvoyait une image tellement sinistre, qu'ils se demandaient comment l'on pouvait acheter de telles choses ! Et pour preuve, les maigres ventes leur assuraient tout juste de quoi se nourrir.

Ils arrivèrent à Altésia, l'une des villes qui avait le moins souffert, puisqu'elle était l'un des plus grands points de commerce avec son port encore en activité. Teddy comptait y rester au moins deux semaines, car c'était là qu'il faisait le plus d'affaires. Annaëlle et Morgan s'en réjouissaient, car cela signifiait qu'ils pourraient se reposer et chercher une solution à leur situation, sans être sans cesse sur les routes. Malheureusement la misère les poursuivait, bien que la ville fût grande et mieux aménagée, les tentatives de reconstruction laissaient à désirer. *Annaëlle ne cessait de se demander ce qui avait bien pu se passer, pour ravager ainsi le monde qu'ils avaient connu. Mais elle savait que poser des questions les mettrait inévitablement en bien mauvaise posture…*

Un soir, ils décidèrent de faire un détour en rentrant à la caravane alors que Teddy prenait le chemin habituel. Ils progressaient dans un amas de débris sans fin. Tandis que les rares bâtiments encore debout menaçaient de s'écrouler à chaque coup de vent.

Ils tombèrent sur un groupe de personnes de tout âge, assis autour d'un feu de camp à l'orée d'un bois. Au centre, un homme d'âge mûr contait une histoire avec conviction. Il captivait tellement l'assistance que seule sa voix et le crépitement du feu rompaient le silence ambiant.

Attirée comme un papillon de nuit par la lumière, Annaëlle entraîna Morgan vers le groupe, en lui murmurant à l'oreille qu'un peu de divertissement ne leur ferait pas de mal, bien au contraire. Rendu grognon par la fatigue, il suivit néanmoins le mouvement, ne pouvant se résoudre à la laisser seule.

La voix du conteur était grave et profonde :

– La légende parle d'un homme et de sa femme qui portait un enfant. Trente-trois ans avant notre ère, le sixième jour du sixième mois de l'an 2047. Ils furent de ceux qui survécurent à l'explosion nucléaire qui ravagea l'ancien monde. Oh ! me direz-vous, rien de franchement exceptionnel, ils ne furent pas les seuls à en réchapper ! Nous savons tous qu'une partie de la population, moindre certes, se releva de l'horreur pour assister à l'avènement du nouveau monde. Les survivants le baptisèrent : Égavar, un nom idéal vous en conviendrez, pour le monde ravagé qui est maintenant le nôtre…

Il secoua la tête d'un air désolé.

– Mais une chose est sûre, nous ne payâmes pas tous le même prix pour notre survie. Quand l'enfant qu'ils nommèrent Édgard vint au monde, il était laid, défiguré et malformé. Ses parents, bien qu'horrifiés et dépassés par la situation, l'aimèrent pour ce qu'il était : leur fils unique, fruit de leur union et sang de leur sang. Mais les autres rescapés ne furent pas aussi compatissants à son égard. Toute son enfance, il fut harcelé, moqué et ridiculisé. Il était un monstre aux yeux de tous. Quand il atteignit l'âge de dix ans, l'homme à la tête du village scella son destin en proclamant son châtiment sur la place publique : « *Cette créature n'est pas humaine, ce n'est pas une créature de Dieu ! Écoutons la voix du seigneur et débarrassons-nous une bonne fois pour toutes de cette ignominie !* ». Plusieurs autres enfants étaient nés malformés et aux yeux de la population, Édgard en était l'unique et seul responsable. Pour endiguer cette épidémie, tous les êtres déformés devaient périr, tous, sans exception. Ils devaient être purifiés par le feu, pour éviter la propagation du malin. Enfants, nourrissons, aucun ne serait épargné. L'on raconte que quand Édgard fut sur le point d'être incinéré, avec les autres enfants, il entra dans une rage telle que le soleil se voila, laissant place à une nuit noire en pleine journée. La panique fut générale, les survivants pensèrent assister à une nouvelle apocalypse. Alors un cri strident, sonore, retentit, les contraignant à se jeter au sol sous l'afflux de la douleur qui leur perçait les tympans. Mais ce n'était pas l'apocalypse telle qu'ils l'envisageaient, la réalité était bien pire. Le cri strident d'Édgard avait attiré une troupe entière de ses semblables, des êtres malformés, primitifs qui n'avaient de l'homme plus que le nom. Les radiations avaient fait d'eux des créatures difformes et sanguinaires. Affamés, ils se jetèrent sur les villageois, se rassasiant de leur chair sans en laisser une miette, tous périrent à l'exception des parents d'Édgard et des autres enfants malformés. La légende raconte qu'après cela, ils partirent conquérir les terres sauvages de Soach ; mais que, lorsque le moment serait venu, que la faim serait trop forte, Édgard reviendrait avec son troupeau affamé pour se venger de toute la race humaine.

L'homme marqua une pause avant de conclure en haussant la voix :

– Lorsque le moment sera venu, il reviendra pour VOUS !

Les spectateurs sursautèrent, puis le sourire du conteur revint sur ses lèvres et la petite troupe applaudit timidement. L'histoire sinistre en avait heurté plus d'un, mais les histoires sanguinaires trouvaient toujours un public attentif…

– Tu parles d'un divertissement ! se récria Morgan alors qu'ils quittaient les lieux hébétés.

– Tu crois qu'il y a du vrai là-dedans ?

Morgan la fixa avec un air solennel qu'elle ne lui connaissait pas.

– Le type l'a dit lui-même c'est une légende… Mais je serais tenté de croire qu'il y a toujours une part de vérité dans ce genre d'histoires. L'explosion nucléaire me semble plausible, ça expliquerait bien des choses. Mais pour le reste… il vaut mieux éviter d'y penser…

Annaëlle réprima le frisson qui lui courait le long de l'échine. Cette nuit-là, son sommeil fut hanté par des nuées d'êtres difformes qui cherchaient à se repaître de sa peau.

- TEDDY -

Teddy Drasah n'avait jamais été bon en affaires, mais il sentait que cette fois-ci serait la bonne. Oui, il avait dégoté des articles de premier choix et si tout se passait comme il l'avait prévu, il empocherait bientôt une petite fortune. La faim serait de l'histoire ancienne. Finies les journées à suer sur la route, fini d'hurler toute la journée comme un poissonnier pour ne vendre au final qu'une misérable horloge !

On frappa à la porte de la caravane, il sursauta. Certains auraient dit qu'il n'avait pas la conscience tranquille… Il chassa cette idée gênante d'un geste de la main, *peu lui importait les « On dit », ce qui comptait c'était l'argent qu'il allait empocher ! Bientôt il serait loin et personne ne pourrait rien en redire. Il en avait assez après tout ! On pouvait pas en vouloir à un vieil homme comme lui de chercher à couler des jours tranquilles loin de la misère ! Ce monde était devenu une foutue jungle ! Il avait compris que dans tout ça, seuls les plus forts ou les plus rusés survivraient… Et lui la ruse ça, ça le connaissait ! Jusqu'ici tout se déroulait on ne peut mieux, les enfants étaient absents, il pourrait négocier sa petite magouille tout à son aise.*

Teddy s'écarta pour laisser entrer un homme de petite taille, rondelet élégamment vêtu. Une chaîne en or massif pendait à son cou et une moustache pittoresque dessinait un sourire sur son visage enfantin. Après avoir vérifié que personne ne l'avait vu, il referma vivement la porte de la caravane.

– Alors mon vieux Teddy. J'ai entendu dire que tu avais de la marchandise ?

Fier comme un coq, Teddy se redressa un sourire édenté éclairant son visage fripé.

– Rassure-moi… Tu n'essayes pas encore de me refourguer ton bric-à-brac poussiéreux ?

– Non, non, s'empressa de répondre Teddy. Cette fois c'est d'la bonne marchandise ! De première main et en état de fonctionner à plein régime ! C'est moi qui te l'dis !

Le petit homme soupira, sceptique :

– Et on peut y jeter un œil ?

– Ah ça non ! Va pas faire tout capoter ! Tu l'auras mardi comme prévu !

Passablement blasé l'homme demanda :

– Pourquoi je suis là alors ? À part pour me faire perdre du temps et de l'argent ?

– Bah justement en parlant d'argent… C'est qu'j'aurai besoin d'une p'tite avance…

Le nain s'esclaffa :

– Teddy, Teddy, dans quel monde vis-tu ? Tant que je n'aurai pas vu la marchandise tu n'auras rien, rien du tout mon vieux.

Teddy se renfrogna.

– Allez Octave j'suis un vieil homme et j'ai besoin d'manger !

Octave haussa les épaules, il n'était pas homme à risquer son argent pour si peu. Il tourna les talons.

– Mardi Teddy, mardi…

Décidément il était dur en affaires cet Octave…

Pour qui il le prenait ? Il allait voir ! Pour sûr qu'il en aurait pour son argent mardi !

- MORGAN -

L'humeur d'Annaëlle et de Morgan était au point mort et la quantité de nourriture les laissait sur leur faim. *Pourquoi étaient-ils ici ? Si seulement ils connaissaient le moyen pour repartir !*

Teddy leur donna un peu d'argent pour qu'ils lui rapportent des produits de première nécessité. Sur le retour, les pauvres gens au visage crasseux les suppliaient du regard. Une femme alla jusqu'à s'accrocher à leurs pieds, comme à un dernier espoir. Ils ne savaient pas combien de temps ils pourraient encore tenir et Morgan voyait bien qu'Annaëlle était prête à craquer.

Alors qu'ils s'aventuraient dans une petite ruelle, un vieil homme ratatiné, sentant l'alcool à plein nez, leur adressa des paroles incohérentes en s'approchant dangereusement, un sourire mauvais aux lèvres. Il les menaça :

– Ah ça manque pas d'culot ! Foutus gosses… Ils'ont toujours pas compris ! Vont s'prendre une déculottée, c'est que ça doit être foutrement bon tout ça…

Ils détalèrent à toutes jambes, tandis que l'homme continuait à divaguer en tentant de les suivre à petites enjambées incertaines. *Que voulait-il dire ? Tentait-il de les mettre en garde ou divaguait-il ?* En rentrant, ils passèrent l'incident sous silence, de peur que Teddy ne se fasse du souci et ne les laisse plus sortir. Depuis quelque temps Morgan trouvait qu'il se comportait étrangement ; comme si quelque chose avait changé en lui…

En arrivant devant la caravane, Annaëlle crut voir un homme de petite taille à l'allure pittoresque en sortir. Cette apparition étrange disparut si rapidement, que son imagination avait dû lui jouer un tour. Morgan lui n'avait rien vu du tout. Néanmoins, elle n'aurait su comment l'expliquer mais un mauvais pressentiment ne la quittait plus.

Quelques jours plus tard, afin d'échapper à l'humeur massacrante de Teddy, ils décidèrent de fuir discrètement l'étal de ce dernier et d'affronter la triste réalité des alentours. Tandis qu'ils s'aventuraient dans les rues crasseuses, les regards tristes les dévisageaient, comme des âmes en peine. Jamais ils ne pourraient s'habituer à tant de malheur, même s'ils étaient condamnés à passer le restant de leurs jours dans ce futur.

Ils quittèrent la place principale où se trouvaient le marché et les boutiques diverses. L'environnement changea, jamais encore ils n'avaient osé partir aussi loin de la caravane. C'était la première fois qu'ils remarquaient l'inexistence de végétation dans cette ville, la terre était sèche comme si elle implorait le ciel de bien vouloir pleuvoir. Les petites maisons qui tombaient en ruine en bords de route, constituaient une version pantelante et défraîchie de celles qu'ils avaient toujours connues.

Tout à coup, la porte de l'une des maisonnettes s'ouvrit dans un grincement sonore. Un adolescent qui devait avoir à peu près leur âge sortit en trombe, suivi par un enfant d'environ huit ans, qui riait à gorge déployée. Ce spectacle radieux, leur redonna un peu de joie au cœur, leur faisant oublier momentanément le malheur aperçu ces derniers jours. Mais ce sentiment se dissipa aussi vite qu'il était apparu ; une femme, les yeux gonflés, apparut à l'encadrement de la porte, le visage inquiet :

– Nicolas, s'il te plaît ! Sois un peu raisonnable ! Vous savez bien que vous ne pouvez pas sortir !

– Mais m'man ! On en a marre d'être enfermé !

– Là n'est pas là question Nicolas ! Tu dois montrer l'exemple à ton petit frère, tu es assez âgé pour savoir que ce n'est pas un jeu !

– Je sais... Mais on restera pas longtemps ! Et dans le jardin on...

– Ça suffit maintenant ! Rentrez vite avant que l'on ne vous voie, s'écria-t-elle d'un air à la fois triste et désolé. Comme si le simple fait de dire ces mots était un énorme fardeau.

Le silence se fit, le jeune Nicolas le visage honteux, ne trouvait pas d'autres arguments. Mais il n'était pas convaincu, ses traits parlaient d'eux-mêmes et semblaient dire : « *j'ai compris ce que je risque, mais ce n'est pas dit que je ne recommencerai pas* ». Il se fit violence, prit son petit frère par les épaules et suivit sa mère vers la maison d'un pas nonchalant.

Ayant perdu l'envie de continuer la balade, Annaëlle et Morgan rebroussèrent chemin, discutant de la scène à laquelle ils avaient assisté.

Que pouvaient donc bien craindre ces enfants en sortant, ne serait-ce que dans leur jardin ? Serait-il plus prudent pour eux aussi de ne pas sortir ? Non, ils se faisaient des idées… se raisonna Annaëlle, *après tout si un danger les menaçait, Teddy les en aurait avertis.*

- ANNAËLLE -

Mardi matin à l'aube, Teddy avait retrouvé le sourire. Il proposa sur un ton enjoué à Annaëlle et Morgan de venir faire un tour au marché avec lui. Une grande tente avait été montée durant la nuit, quand ils le questionnèrent à ce sujet, il s'exclama les yeux brillants d'excitation :

— Bonne question les gars ! Allons voir ça !

Ils se dirigeaient à grands pas vers celle-ci, plus ils se rapprochaient et plus Annaëlle se sentait oppressée. Une petite voix en elle lui murmurait à l'oreille qu'il fallait partir, vite. Elle la fit taire et continua de suivre docilement Teddy.

C'est alors, qu'un nain au visage souriant sous une moustache pittoresque, sortit de la tente, les yeux pétillants. Son allure avait quelque chose d'inquiétant et elle se demanda s'il s'agissait de l'homme qu'elle avait cru voir sortir de la caravane de Teddy l'autre jour.

Ils avaient une confiance aveugle en leur hôte, après tout ne les avait-il pas sauvés en leur offrant un toit au-dessus de la tête et en les préservant de la faim ?

L'homme de petite taille les examina du regard, non comme des êtres humains mais comme du bétail de grande valeur.

Le malaise d'Annaëlle s'amplifia.

Puis tout se déroula comme en accéléré, ses oreilles bourdonnèrent et elle se sentit comme hors du temps. Avant qu'ils ne puissent esquisser le moindre geste, des hommes arrivèrent derrière eux et les ligotèrent solidement. Le nain exultait en s'adressant à Teddy :

– Bon boulot mon vieux ! Tu ne m'as pas déçu cette fois… vraiment excellent !

Tandis qu'ils les entraînaient vers la tente, Annaëlle appela Teddy d'une voix faible, sonnée par l'incompréhension, puis elle le supplia de leur venir en aide. Leur ami, leur sauveur, resta là, impassible à leurs cris de détresse, les laissant ainsi malmenés. Le regard du nain, pesait sur eux avec une satisfaction malveillante.

La vérité leur sauta aux yeux : il s'agissait purement et simplement d'un marchand d'esclaves.

Les hommes les emmenèrent à l'intérieur de la tente, mais avant qu'elle ne se referme sur eux, ils purent voir le nain jeter à Teddy une petite bourse qui tinta quand il la réceptionna. Ce dernier empocha vivement son précieux trésor, un sourire radieux aux lèvres, puis s'éloigna sans un regard en arrière.

Avec une amertume grandissante, Annaëlle se demanda *comment Teddy avait pu les trahir de la sorte* ? Elle savait que cette question n'avait pas fini de la hanter. *Ce temps l'écœurait ! Pourquoi la vie avait-elle tellement changé ?*

Maintenant ils savaient que le mardi était le jour du marché aux esclaves. À vrai dire, ils auraient préféré continuer à l'ignorer. Jamais ils n'auraient dû donner leur confiance à cet homme, mieux aurait-il fallu souffrir de la faim et se cacher comme des pestiférés dans un lieu à l'abri de l'agitation - tels des rats pris au piège - attendant seulement que ce cauchemar se termine.

Ils furent dépossédés de tout ce qu'ils portaient sur eux et revêtus d'une tunique d'esclave crasseuse, qui avait dû être blanche mais était maintenant recouverte de crasse. Légère, elle laissait les épaules apparentes.

Avant qu'Annaëlle ne comprenne ce qui lui arrivait, un fer chaud se posa sauvagement sur son épaule droite et une douleur intense se répandit dans chaque fibre de son corps. *Elle était marquée. Marquée comme une bête de foire que l'on amène à l'abattoir* songea-t-elle avec horreur.

Puis ce fut au tour de Morgan de subir le même traitement. Ce fut aussi simple que ça. Ils perdirent leur liberté ainsi, en moins de temps qu'il en faut pour le dire. À cet instant, ce fut comme une évidence, Annaëlle comprit qu'elle avait été bien inconsciente du plaisir simple d'être en vie : de savourer chaque seconde de l'existence, chaque inspiration, d'apprécier le souffle du vent sur sa peau et tout ce que ses yeux pouvaient voir lorsque ses pas la guidaient, au gré de ses envies, dans des lieux inconnus. Elle sentait la liberté lui glisser entre les doigts tandis qu'elle lisait les chiffres ancrés dans sa chair à vif : elle était l'esclave numéro 10934 et Morgan le 10935.

- PERRINE -

Annaëlle et Morgan n'étaient pas seuls, d'autres esclaves se trouvaient sous la tente. Ils furent séparés en deux groupes. Ceux qui restaient pour être vendus sur place et ceux qui feraient partie de leur groupe, devenant ainsi leurs camarades pour un long et pénible voyage dont ils ignoraient encore la destination... Des fers à leurs chevilles, on les fit sortir et marcher avec difficulté parmi les autres esclaves.

Le trajet leur parut une éternité, puis enfin, ils arrivèrent dans une boutique à l'allure miteuse. On les installa dans une cave obscure. Il y régnait une odeur d'humidité, de moisissure et de rance qui donnait la nausée. La peur a une odeur indescriptible, mais ici elle était palpable, comme une malédiction que l'on ne pouvait chasser. Les corps pressés les uns contre les autres, suaient à grosses gouttes, sous la torpeur des lieux. La chaleur était étouffante, chaque respiration menait au supplice, si bien qu'ils cherchaient l'air avec difficulté.

Ils étaient quatre dans une cage à bétail, dans laquelle un homme en position assise aurait pu tenir au prix de multiples courbatures. Annaëlle tenta d'estimer le nombre de cages autour d'eux. Elle les distinguait mal dans l'obscurité ambiante. Les pleurs, les cris, emplissaient l'espace à tel point qu'elle ne pouvait douter qu'un seul mètre de cette cave maudite ne soit encombré de cages bourrées d'humains.

Était-ce cinquante ? Cent ? Mille êtres qui criaient leur désespoir comme un seul homme ? Le mardi resterait à jamais un jour maudit à ses yeux ! Jusqu'à là, elle n'imaginait pas un instant que l'on puisse la considérer comme un bien, une sorte de marchandise sans âme, ni cœur, ni pensées, seulement un être voué à la servitude, moins bien loti qu'un animal. C'était cela devenir esclave. Mais elle comprit bien vite, qu'en ce bas monde il existait encore pire fardeau que de le devenir ; celui de « naître » esclave. Jamais elle ne pourrait oublier le regard de la fillette de douze ans, entravée dans la même cage rouillée qu'eux. Un regard vide. Le regard du néant.

Enfant, Annaëlle, voyait la vie comme un immense terrain de jeu, elle débordait d'énergie à découvrir le monde ; elle avait des étoiles plein les yeux.

Perrine avait le regard de la mort, de cette servitude atroce qui lui faisait horreur et la révoltait. Perrine : Morgan et elle finirent par lui soutirer ce prénom qui lui redonnait un soupçon d'existence. Ils n'avaient pas pu se contenter de ce numéro qu'elle leur jeta au visage en guise de nom :

– Je suis 4899, murmura la fillette dans un souffle.

Muets, ils la dévisagèrent perplexes. Dans la pénombre, les yeux d'Annaëlle se posèrent, douloureux, sur cette épaule trop maigre où des chiffres étaient ancrés dans sa chair. La gorge serrée, Annaëlle lui expliqua que ce n'était pas un nom, que cela ne pouvait être son nom ! La fillette leur confia alors d'une voix sourde, que 4854 l'avait un jour baptisée Perrine. C'était le jour où elles étaient chargées de se rendre au marché pour leur Maîtresse, elle avait entendu une femme vêtue de beaux habits appeler sa fille de cette façon. 4854 trouva que ce prénom lui allait bien, elle qui avait les mêmes yeux bleus que la demoiselle du marché. Bien sûr, elle l'appelait ainsi seulement lorsque personne ne pouvait les entendre. Nommer un esclave était passible de la peine de mort. Alors Perrine baptisa à son tour 4854. Fleur avait été son prénom.

– Fleur est ici aussi ? demanda Morgan en fouillant l'obscurité du regard.

Les épaules de Perrine s'affaissèrent sous le poids d'une tristesse trop lourde pour ses frêles épaules.

– Fleur est partie…

– Je suis désolée, répondit Annaëlle d'un ton compatissant. Tu n'es pas obligée d'en parler si c'est trop douloureux. Mais… parfois ça fait du bien de parler.

Perrine tourna son petit visage vers la droite, leur montrant les ravages de la peste qui s'étalaient sur le côté gauche de son visage.

– La maladie l'a prise… lâcha la petite fille en ravalant ses larmes. C'est à cause de ça que ma Maîtresse m'a vendue : *« Elle espérait beaucoup de mon joli visage pour les années à venir. »* comme elle disait. Mais la peste m'a rendue laide et inutile. Alors, un jour elle a crié : *« Jamais personne ne touchera un monstre pareil ! »*.

À l'évocation de ses souvenirs, elle se ratatina encore plus sur elle-même.

– Je vaux rien, conclut-elle en baissant les yeux, en plus je suis encore indéterminée… Alors elle m'a vendue pour trois sous au marché.

Annaëlle et Morgan ouvrirent de grands yeux, profondément choqués. Morgan s'exclama :

– C'est faux Perrine, tu ne vaux pas rien ! Tu es un être humain pas un objet !

Les propos que rapportait l'enfant étaient ignobles, inhumains. Annaëlle tiqua sur le mot « indéterminé ». Elle ne comprenait pas. *Indéterminé à quoi ?*

Vraisemblablement, Perrine ne savait que répondre. C'était comme si les paroles qu'elle avait prononcées, l'avaient vidée du peu de force qui l'habitait encore. Elle s'enferma dans le silence et Annaëlle et Morgan l'imitèrent tentant ainsi de s'éloigner de cette réalité.

Leur quatrième compagnon de cellule, un jeune homme roux - sans doute âgé d'une quinzaine d'années - était inquiétant par son silence. Il ne prononçait pas un mot, ses yeux étaient fixes et son corps entier comme paralysé. Sa poitrine se soulevait tout juste au rythme de sa respiration. Annaëlle et Morgan essayèrent d'en savoir plus sur lui, sans parvenir à obtenir une réponse.

Peut-être même ne les entendait-il pas ?

- MORGAN -

Après une nuit horrible, on les transporta à bord d'une galère, pour qu'ils rament vers une destination inconnue.

Le garçon avec lequel ils avaient été enfermés, se nommait Guillaume. Ce fut un autre esclave qui l'appela ainsi, alors qu'il refusait de ramer, le suppliant de sortir de son état végétatif pour que leurs ravisseurs ne le jettent pas par-dessus bord. Morgan voyait sur son visage qu'il fulminait de rage et d'abnégation, mais il avait finalement saisi la latte de bois pour commencer à ramer. Morgan apercevait une lueur de révolte et d'insoumission dans ses yeux. Ses cheveux roux lui collaient au visage tandis qu'il ramait avec frénésie, canalisant ainsi sa fureur et son envie folle d'en découdre avec les esclavagistes.

Ce même désir de vengeance ne quittait plus Morgan qui voyait Annaëlle dépérir jour après jour, du fait de leurs misérables conditions de vie et des efforts colossaux qu'on leur demandait de fournir le ventre vide. Il y pensait chaque jour, chaque nuit, la rame à la main et la rage au cœur.

Ils ne cessaient de ramer et les instants de repos étaient bien trop peu nombreux. Annaëlle et lui avaient des courbatures partout à cause des efforts sans cesse répétés. Cela faisait des jours qu'ils n'avaient rien avalé, si ce ne n'était qu'une rare eau, écœurante au goût rance, dont ils se délectaient pourtant. Ils étaient au moins trois cents jeunes captifs, dormant quelques heures par nuit, dans des cales puantes, entassés comme du bétail. Les plus fragiles succombèrent et furent jetés à la mer sans vergogne, telle une marchandise défectueuse.

Ce soir-là, Morgan entendit le capitaine parler d'une tempête qui approchait, lui qui subissait déjà le mal de mer en concevait une angoisse latente. *Il ne supportait plus ce monde, et aurait voulu pouvoir tout changer. Pourquoi diable avaient-ils atterri ici ?*

Annaëlle et Morgan tombèrent de sommeil, telles des souches, sur le plancher crasseux de la cale du navire. Des sifflements de corne stridents les sortirent de leur torpeur. Morgan lutta pour ouvrir les yeux malgré le poids de sa fatigue. Il régnait une véritable pagaille. Les esclaves, l'équipage, tous les hommes, étaient sur le pied de guerre courant en tous sens. Guillaume qui s'était couché près d'eux, secoua violemment Annaëlle par les épaules, chassant les dernières ombres de son sommeil. Son visage était à quelques centimètres du sien, elle pouvait sentir son souffle haletant sur son visage et voir le blanc de ses yeux exorbités.

— Ils arrivent ! Levez-vous ! Rien n'est pire que cette mort-là… gémit-il, d'une voix blanche.

Annaëlle se redressa et Morgan l'aida à se mettre debout.

– Qui ça ? marmonna-t-elle la bouche pâteuse.

Un marin au visage haineux et à la barbe brune hirsute passa à côté d'eux, celui-là même qui les battait durant la journée, pour qu'ils forcent la cadence. Il tendit en hâte une dague à Annaëlle. Puis il se tourna vers Morgan et Guillaume pour leur balancer une hache et un marteau. Ils s'en saisirent sans poser de questions.

– MONTEZ SUR LE PONT IMMÉDIATEMENT ET PAS DE QUARTIER ! hurla le marin à pleins poumons, en essuyant violemment la morve qui lui coulait du nez.

Morgan regarda la hache dans ses mains, puis l'homme, en pensant *combien il aurait été aisé de la lui planter dans le crâne…*

Alors ils entendirent des cris d'agonie provenant du ponton, des cris déchirants de souffrance.

- ANNAËLLE -

Annaëlle sentait son sang bouillonner et son cœur battre rageusement. Sa vision se troubla, elle entendit un son strident de plus en plus fort qui bourdonnait dans ses oreilles et qui ne cessait pas. Suivant le mouvement, ils partirent dans une course folle à l'assaut de l'escalier, se tassant parmi les autres corps, ruisselant de sueur. Alors ils les aperçurent, à la faible lueur de la lune : les créatures de cauchemar, des êtres qui n'avaient rien d'humain. Partout des visages déformés, des yeux exorbités, des visages tordus dans des angles improbables.

Pendant la nuit, le navire avait jeté l'ancre aux abords d'une petite île rocheuse, espérant ainsi se préserver de la tempête. L'idée louable du capitaine, s'avérait suicidaire, car en accostant ils subirent l'attaque d'une horde de créatures affamées.

Protégée entre Guillaume et Morgan, Annaëlle priait pour que l'horreur se termine au plus vite ; s'ils devaient mourir, que cela soit bref et rapide.

Recouvert de sang, Morgan jouait de la hache dans une frénésie meurtrière qui faisait peur à voir, jamais Annaëlle n'aurait pensé voir un jour une telle violence en lui. Partout les combats faisaient rage. Lorsqu'une créature prenait le dessus sur un membre de l'équipage et parvenait à le jeter à terre, elles se ruaient à plusieurs sur sa dépouille pour se rassasier de sa chair.

La galère amorça un mouvement, on levait l'ancre. *Dieu merci*, songea Annaëlle, en tombant à genoux entre ses deux compagnons qui se battaient farouchement. Elle vit les créatures déformées éviscérer une enfant. Elle se haïssait d'être ainsi prostrée sur elle-même, tandis que les autres se battaient pour sa survie. C'en était trop pour elle, le spectacle sanglant la révulsait au-delà du supportable.

Trop tard, elle aperçut les marques de la lèpre sur le visage de la victime et comprit que la petite fille n'était autre que Perrine. Toute l'ampleur de l'horreur qui se déroulait sous ses yeux la submergea, à l'image des vagues déchaînées qui s'abattaient avec frénésie sur le navire. Elle se mit à vomir sans discontinuer. Quand enfin les spasmes cessèrent, elle ferma les yeux de toutes ses forces.

Le ciel était noir, le tonnerre grondait zébrant le ciel de fissures translucides. Le vent les fouettait en plein visage, les vagues inondaient le ponton. Puis soudain, la mer enragée se calma, comme si la houle avait fini de déverser sa colère sur eux.

Annaëlle ouvrit les yeux, du sang, du sang partout. Morgan se jeta au sol pour la serrer dans ses bras, la recouvrant d'encore plus de sang. Il était blessé à l'épaule. C'était fini. Le bateau était sauf, les survivants achevaient les créatures au sol - ces hommes qui n'en étaient plus - et les jetaient à la mer. Le soleil de l'aube fit une percée entre les nuages sombres.

Ils étaient saufs, mais à quel prix ?

- MORGAN -

Après des jours interminables passés en mer, où l'épuisement était tel qu'Annaëlle et Morgan pensèrent chaque jour voir leur dernière heure arriver, un miracle se produisit. La vigie s'époumona du haut du mât :

– TERRE ! TERRE À L'HORIZON !

Puis ce fut la pagaille, marins et esclaves s'entassèrent sur le quai pour voir le rivage de leurs propres yeux. Ils furent tellement soulagés que des larmes leur montèrent aux yeux.

Quelques heures plus tard, ils mirent enfin pied à terre et Morgan fut comme électrisé devant ce nouvel univers qui prenait vie sous ses yeux. Le paysage s'inscrivait en totale opposition avec ce qu'ils avaient vu jusqu'à présent. Opulence, richesse, partout où ils posaient les yeux, ils n'observaient que faste et majestuosité. La galère avait jeté l'ancre aux abords du luxueux port de Richebourg. Ils constatèrent rapidement que jamais ville, n'avait porté nom si juste.

Les navires amarrés autour d'eux, attirèrent leurs regards. Tous baignaient dans l'argent et l'exubérance. En face d'eux, « *La Déesse des mers* » ne faisait pas exception à la règle : gigantesque, une sirène d'or trônait sur la proue, sa tête était sertie d'un diadème où s'incrustaient trois rubis gros comme des poings. Les passants qui déambulaient autour d'eux, étaient parés comme des châsses, dans un style très Louis XIV. Une femme les dévisageait avec répugnance derrière son ombrelle, elle avait le teint pur de la neige et des yeux bleu gris glacés. C'était une jeune femme d'une vingtaine d'années à la peau délicate. Elle portait une robe de satin bleu de la même couleur que ses yeux, rehaussée par le magnifique saphir qui parait son cou délicat.

Soudain, Annaëlle replongea dans ses souvenirs, ceux des livres qu'elle avait lus et de ses cours d'histoire. Elle n'avait jamais imaginé, qu'un jour viendrait, où elle goûterait l'atmosphère envoûtante de cet autre temps qui avait nourri ses rêves d'enfant. Seulement, la différence était grande entre le rêve et la réalité. Dans les siens, elle côtoyait la cour, elle était un personnage illustre : Marquise, Duchesse, Princesse, Reine, favorite du Roi, qu'importe ! Elle appartenait à la noblesse, cela ne faisait aucun doute. Puis la réalité refit surface et son rêve se brisa net. Elle n'était rien de tout cela, dans ce monde qui s'apparentait plus à un cauchemar qu'à un songe de jeune fille à l'imagination aiguisée. *Elle et Morgan étaient des esclaves, rien d'autre. Esclave dans un futur, qui à bien des égards revêtait les aspects les plus cruels du passé…*

Ils furent arrachés à leur contemplation par une main sournoise, qui les poussa et les frappa pour qu'ils pressent l'allure ; Annaëlle eut la sensation qu'elle s'était tapie dans l'ombre de son esprit, pour la rappeler à l'ordre après avoir entendu ses pensées.

Puis ce fut le noir, encore un cachot, une nouvelle prison où perdre pied. On les sépara, les arrachant durement l'un à l'autre. Alors ils surent que leur épreuve ne faisait que commencer.

- ANNAËLLE -

Annaëlle rêvait de la lueur du jour, du soleil qui réchauffe la peau et le cœur. Elle était seule avec elle-même dans un cachot obscur et elle découvrait la véritable solitude. Elle n'avait jamais eu peur de se retrouver seule face à elle-même. Mais les choses étaient différentes à présent.

Elle ne savait pas depuis combien de temps elle était enfermée à ruminer des pensées sombres, qui lui semblaient de plus en plus incohérentes. Tel un disque rayé tournant en boucle, elle ne prêtait plus attention à sa litanie. Les jours succédaient aux nuits, sans qu'elle ne puisse les différencier. Sa prison était plongée dans le néant, la lumière y était bannie. Elle ne bénéficiait d'aucune fenêtre et il y faisait noir, éternellement noir. On ne trouvait pas la moindre ouverture sur les murs de pierre glacés, elle les avait scrutés de ses doigts mille et une fois, sans résultat. La grille de fer forgée demeurait fermée, mais elle bénéficiait d'une trappe qu'utilisaient ses geôliers pour poser sa ration journalière d'eau et d'une nourriture répugnante, indéfinissable et sans aucun doute avariée. Elle dormait recroquevillée sur elle-même, sur un tas de paille, qui n'empêchait pas le froid des dalles de pierre de s'infiltrer dans chaque pore de son corps. Un seau dans un coin, trop rarement vidé, tenait lieu de cabinet d'aisances.

Plus le temps passait et plus elle s'affaiblissait, comme une plante trop longtemps privée de soleil. Elle avait un goût de métal dans la bouche dont elle ne pouvait se départir. Fragile, osseuse, elle n'était plus que l'ombre de ce qu'elle avait été. Elle se demandait inlassablement quand ce cauchemar prendrait fin et s'il allait vraiment finir. Elle était bien loin d'imaginer qu'elle vivait la partie la plus aisée de sa captivité…

La porte s'ouvrit plus longtemps qu'à l'accoutumée ; elle voyait la lueur du jour au travers de ses paupières closes. Elle comprit que quelque chose clochait : il ne fallait pas tant de temps pour changer un pot de chambre.

Elle ouvrit les yeux douloureusement, il lui fallut de longues minutes pour parvenir à distinguer le geôlier qui lui faisait face. C'était un homme au visage ordinaire, mais un œil averti pouvait déceler une étincelle de malfaisance dans son regard sombre. D'un geste vif, il la tira brutalement par les cheveux et la traîna hors de sa cellule. Sa vision se brouilla tandis qu'il la propulsait violemment dans une cage.

La première chose qui attira son attention fut les néons au-dessus d'elle, qui lui brûlaient les yeux de leur éclat blafard. *De l'électricité ! Elle avait rêvé, tout cela n'était qu'un épouvantable cauchemar, rien d'autre ! Rien n'était vrai !*

Puis elle regarda autour d'elle et sa joie s'arrêta net ; elle se trouvait dans un immense entrepôt, savamment organisé. On voyait « une zone de test », celle où, comme son nom l'indiquait on testait les détenus. C'était là qu'elle se trouvait, dans une petite cage à barreaux, assez grande pour qu'elle tienne debout. Beaucoup d'autres cellules étaient alignées à la sienne et occupées par de jeunes esclaves.

Au loin, on apercevait la pancarte « zone d'expédition ». Mais le plus impressionnant, c'était la machine. Un immense tapis roulant les encerclait, avec à son extrémité, un jeune garçon enchaîné sur une chaise. Il portait un casque métallique directement relié à la machine par de multiples câbles. Son visage blafard reflétait une douleur cuisante et perpétuelle.

Quand le statut en lettres vertes : « Déterminée » s'allumait en haut de l'une des cages, une main magnétisée s'approchait, l'ouvrait, attrapait l'occupant et lui appliquait un tatouage sur le front. Puis elle l'enfermait dans une boîte métallique munie de trous d'aération, qu'elle scellait consciencieusement. Pour finir, elle ajoutait un signe identique au tatouage sur le couvercle et la boîte disparaissait vers le fond de l'entrepôt ; la fameuse « zone d'expédition ». Ce cérémonial infernal se répétait ensuite encore et encore sur les autres cages...

En levant la tête Annaëlle s'aperçut que son statut était en lettres rouges et qu'il indiquait : « indéterminée ». Elle n'eut pas le temps de se pencher davantage sur la question, car une sirène stridente gronda dans tout l'entrepôt, la forçant à enfoncer ses doigts dans ses oreilles. Apparue alors dans son champ de vision, une troupe d'enfants, petits et rachitiques, vêtus de loques crasseuses. Au niveau de leur poitrine, on distinguait un matricule grossièrement apposé à la main. *Sans doute avaient-ils, eux aussi, un numéro d'esclave sur l'épaule.* Ils progressaient prestement, passant devant les cellules en dévisageant les prisonniers de leurs yeux vides, gros comme des poings. Leur tête était disproportionnée comparée à leur corps et leurs oreilles et nez étrangement pointus. D'une même voix aigüe et sifflante, ils commencèrent à répéter inlassablement :

– Honneur à sa majesté le roi suprême, Guil Ier du nom, maître tout-puissant d'Égavar, sauveur du peuple et des terres agonisantes. Faites place à sa magnificence altesse royale.

Annaëlle saisit les barreaux tout en y collant son visage, pour mieux voir ce Roi du futur… C'est alors qu'elle reçut une décharge électrique de plein fouet. Secouée, elle tenait difficilement sur ses pieds. Elle avisa, hébétée, que les autres prisonniers étaient prosternés au milieu de leur cellule, le regard rivé sur le sol, dans une immobilité parfaite. Annaëlle voulait en faire autant, mais elle était sonnée.

Elle vit le Roi s'approcher, tourner la tête et la voir, elle, seule esclave debout parmi tous. Pour un Roi, l'homme d'une cinquantaine d'années n'avait d'apparence rien d'exceptionnel ; rien qui le différenciait des petits gens de son peuple, si ce n'étaient ses vêtements et bijoux luxueux. Il était de taille moyenne, avec un léger embonpoint, le visage rond souligné d'un double menton, le tout couronné d'un crâne dégarni parsemé de quelques cheveux gris. Son visage des plus communs, s'inscrivait en totale opposition avec ses hautes fonctions. Seuls son regard sombre, ainsi que sa posture droite et fière, dénotaient avec le reste de sa personne. Car derrière cette apparence banale, se cachait une force sournoise, qui se lisait dans l'éclat inquiétant de ses yeux.

Il examina Annaëlle en silence pendant de longues secondes, comme l'on examine une marchandise, analysant chaque parcelle de son être. Sous son regard inquisiteur, elle avait la sensation d'être nue dans ses loques blanches sous lesquelles elle ne portait pas de sous-vêtements. Elle comprit que sa tenue lui collait à la peau et était plus que subjective. La femme à l'intérieur d'elle se révoltait contre cet examen approfondi.

Un léger rictus étira les lèvres du monarque, il se retourna vers l'homme qui se tenait juste derrière lui pour lui murmurer à l'oreille. Se ressaisissant, Annaëlle finit par imiter les autres en posant les genoux à terre avec précipitation, sans parvenir à défaire son regard des étranges visiteurs. Le Roi et ses serviteurs reprirent leur progression, disparaissant de son champ de vision.

Plus tard, Annaëlle fut réveillée en sursaut au beau milieu de la nuit, par le bruit métallique d'une serrure que l'on déverrouille précipitamment.

Elle avait dormi à même le sol glacé de sa cage.

Des mains puissantes la saisirent brutalement et lui fourrèrent un bout de tissu dans la bouche, puis un sac sur la tête. Elle eut beau se débattre en tous sens, l'homme la tenait solidement.

Puis elle sentit l'air frais de l'extérieur.

Elle était dehors !

Mais à peine l'eut-elle réalisé qu'on la jetait dans un chariot. Elle entendait les sabots des chevaux claquer contre le sol.

Mais où l'emmenait-on encore ?

Elle se sentait comme un sac de victuailles que l'on baladait à sa guise... Et cette pensée la liquéfia.

- JULIUS -

Non loin du royaume d'Arka, la capitale d'Égavar, vivait un homme, nommé Julius. Il habitait un humble domaine avec sa femme Léonie, à l'extérieur de la cité fortifiée. Rares étaient ceux qui prêtaient attention à ce vieil homme. Il passait inaperçu et semblait aussi âgé que les pierres de fondation du château d'Arka. Il faisait partie des murs au même titre que les gardes de la porte royale à qui par la force de l'habitude, on ne prêtait plus attention. Il murmurait aux oreilles de ceux qui en avaient le plus besoin, faisant naître en eux des espoirs et des idées inespérées, dont ils pensaient ensuite être à l'initiative. C'était un homme simple, qui aspirait à la vie simple et tranquille qu'il avait méritée après de longues années de labeur. Il vivait en accord parfait avec la nature, qui lui offrait subsistance à lui et à son épouse.

Le vieil homme avait occupé de hautes fonctions dans sa jeunesse et le Roi avait su le récompenser de ses services, par cet humble domaine. Le couple vivait de ses récoltes. Julius trouvait la paix à travailler la terre et à s'occuper de ses bêtes. Une joie de vivre immuable le caractérisait et rien ne pouvait entacher son enthousiasme. Il se réveillait aux aurores pour assister au lever du jour, tel un spectateur fidèle et transi, il aimait voir la naissance d'une nouvelle journée de vie. Il tendait l'oreille aux claironnants chants des oiseaux et celui du coq annonçait le début de sa journée de travail. Il contemplait l'essor des oiseaux avec les yeux d'un enfant, découvrant les merveilles de l'existence. Ces magnifiques créatures le passionnaient, il rêvait de se réincarner après sa mort en l'une d'elles, pour sentir l'air dans ses ailes et le vent qui le porterait dans l'étendue immense du ciel. Il s'imaginait volant vers de nouveaux horizons, vers une liberté presque palpable. Le vieil homme choyait ses bêtes avec la générosité d'une mère aimante. Il passait également des heures dans son cabinet de travail. C'était une pièce étrange, le temps y était comme suspendu et pour cause il ne restait plus une place aux murs : toutes sortes d'horloges y avaient soigneusement été alignées et un « tic-tac » continuel vous rappelait sans cesse le caractère immuable de la vie. Julius était un passionné d'horloges de toutes sortes. Il savait les réparer et leur redonner leurs éclats d'antan. Les plus beaux-modèles étaient exposés dans la maison, pour que tous puissent en profiter. Le mobilier était riche et antique, la pièce maîtresse était le piano à queue qui prônait dans le salon de toute son envergure.

La femme de Julius, Léonie était humble et généreuse ; c'était une parfaite maîtresse de maison.

L'âge n'était pas parvenu à effacer la beauté simple de ses traits, la maturité lui octroyait même une sorte de noblesse ; autant par son port de tête altier que par ses traits saillants. Les années n'avaient fait que consolider leur amour, qui demeurait aussi limpide que le ruissellement d'une source d'eau claire sous les doux rayons d'un soleil de printemps.

Alors que Julius et Léonie déambulaient le long des allées du prestigieux marché de Richebourg, Julius croisa le regard d'un jeune esclave. Instantanément, il lui plut. Son instinct le décida à lui venir en aide en l'achetant. *Acheter un être humain…* Il en avait des sueurs froides rien qu'en y pensant. Mais la vie était ainsi faite, du moins pour le moment et en le prenant à son service il lui éviterait d'être acheté par un autre. Le marchand d'esclaves, un nain qui portait une opulente chaîne en or, lança les enchères en présentant le garçon :

– Très bon spécimen que ce 10935 ! Il s'approcha de l'esclave et déchira sa tunique. Bien bâti, parfait pour les travaux manuels !

Julius réajusta ses lunettes sur son nez et leva la main avec détermination.

Après avoir empoché son dû, l'esclavagiste fourra la chaîne qui entravait le cou de l'esclave dans les mains de Julius. De ses yeux gris comme l'orage, ce dernier jeta un regard assassin à son nouveau Maître.

- MORGAN -

Morgan ne fit qu'un bref séjour dans le cachot de Richebourg. Il en réchappa avec nulle autre séquelle qu'un tatouage sur le front en forme de « I ».

Il songea amèrement, *que non content de lui avoir déjà mutilé l'épaule avec un numéro d'esclave, il avait également fallu qu'ils lui marquent le visage…*

Il fut acquis pour travailler aux travaux de la ferme et aux champs. Morgan était grand, mince, élancé et promettait de s'étoffer avec le temps. Qui plus est, il avait « de bonnes mains de travailleurs ». Celui-ci ne savait que penser de ce vieillard, qui était son Maître. Lors des enchères, on lui expliqua qu'un esclave se devait d'appeler son propriétaire « Maître », c'était une règle de bienséance que tout-un-chacun devait respecter pour ne pas être fouetté en place publique… Néanmoins, à peine le jeune homme avait-il foulé la terre de « sa nouvelle maison », que l'étrange homme lui commanda de l'appeler par son prénom : Julius. Au fil du temps, la bienveillance du vieil homme conquit l'estime de son esclave.

Morgan travaillait bien. Mais il était comme absent, plongé dans un autre monde. Annaëlle hantait son esprit, *qu'était-elle donc devenue* ? Le domaine était modeste et il était le seul esclave à travailler pour Julius. Il était évident qu'il n'avait jamais travaillé aux travaux de la ferme ni de la terre. Il posait un regard hostile sur tout ce qui l'entourait, mais lorsqu'il pensait être seul, ses yeux s'adoucissaient et devenaient presque tendres lorsqu'il observait la nature. Morgan devait se rendre à Arka une fois par semaine, pour récupérer le courrier de la maisonnée. C'était en cette seule occasion qu'il pouvait quitter le domaine de Julius.

Un jour, la lettre qu'il rapporta à son Maître tourmenta tellement ce dernier, que ses traits se firent soucieux et qu'il se mura dans le silence.

Peu de temps après, le vieil homme quitta son travail plus tôt que d'ordinaire et se rendit à grandes enjambées vers l'écurie.

Cette fameuse missive marqua le début d'une nouvelle ère, autant pour Morgan que pour sa maîtresse. Julius s'évapora en un claquement de doigts, ne laissant à sa femme que ces quelques mots sur un morceau de parchemin :

« Ma chère Léonie, une mission capitale m'a été confiée pour le royaume. Je ne me pardonne pas de partir ainsi, comme un voleur, te laissant seule et sans protection. Crois bien que c'est la nécessité qui me pousse à agir ainsi. Sache que je pars confiant, car il n'existe pas, en ce royaume ou dans un autre, femme plus forte que toi. Je t'en prie, prends garde à toi et n'oublie pas qui tu

es. Espérant te revenir au plus vite, à jamais tien. Julius ».

En lisant ces lignes, le visage de la pauvre Léonie se décomposa, devenant soudain livide. Digne, elle s'empressa de courir cacher sa peine dans ses appartements, laissant derrière elle la missive, dont Morgan s'empressa alors de prendre connaissance. *Pourquoi tant de mystères ? Quelle mission essentielle pouvait bien être confiée à ce vieux monsieur* ?

Lorsque Léonie réapparut, toutes traces d'inquiétude avaient été gommées de son visage et c'est avec assurance qu'elle commanda un équipage pour se rendre au château sans délai.

Durant les jours qui suivirent, elle n'eut de cesse de frapper à toutes les portes, interrogeant chaque paysan sur sa route, chaque personne haut placée au château, allant jusqu'à demander audience au roi Guil lui-même. Morgan s'étonna de cette facilité avec laquelle elle obtint un entretien. Malheureusement, elle fut reçue mais éconduite. Elle n'apprit rien. Qui plus est, le Roi eut réellement l'air surpris de la missive qu'elle lui présenta.

Sa surprise était-elle feinte ? Préférait-il taire l'affaire ?

Elle ne savait que penser... Une seule chose était sûre, Julius s'était purement et simplement évaporé dans la nature.

Lorsqu'elle reparut au domaine, ce fut drapée dans une dignité glacée. Elle cessa de prononcer le nom de son mari, reprit la direction de l'exploitation d'une main de maître et embaucha un intendant pour la seconder. À compter de cet instant, Morgan fut formé plus durement et s'endurcit rapidement.

Plusieurs mois passèrent dans cette nouvelle routine. Puis une nuit sans que rien ne le laisse présager, elle se décida à tirer de son lit cet esclave dont elle s'était peu à peu rapprochée comme d'un fils. Elle lui ordonna de préparer les chevaux. Il obéit un sourire aux lèvres, non Léonie ne pouvait se résigner à l'attente.

Leur existence allait prendre une tournure décisive.

- ANNAËLLE -

Annaëlle se trouvait dans une magnifique chambre immaculée. La pièce lui semblait immense et elle l'était assurément, mais l'effet en était accentué par son séjour prolongé en geôle.

La chance lui souriait-elle enfin ? Avait-elle un mystérieux sauveur ? Entravée d'aucune sorte, elle se sentait revivre sans liens autour des poignets, ni sac sur la tête.

La porte s'ouvrit doucement et trois jeunes femmes rentrèrent dans la pièce en renfermant soigneusement derrière elles.

Sans un mot, elles la dirigèrent vers la salle de bain adjacente. La baignoire était prête, une douce fumée et des effluves fleuris s'en échappaient. Elles lui retirèrent sa robe en loques, puis l'aidèrent à grimper dans la baignoire. Tandis que l'une d'entre elles entreprenait de lui laver les cheveux, les deux autres commencèrent à la frotter pour la décrasser. Annaëlle les repoussa doucement, tout à son aise de pouvoir enfin se laver, leur assurant qu'elle pouvait très bien s'en charger elle-même. Mais elle n'obtint aucune réponse. *Parlaient-elles seulement sa langue ?*

Elle se résigna, se laissant aller à leurs bons soins, salvateurs après tant d'épreuves.

Elles la séchèrent, l'aidèrent à enfiler une chemise de nuit d'un blanc éclatant, mais tout aussi transparente que la précédente. Elles lui démêlèrent et brossèrent les cheveux, puis la parfumèrent.

Leur tâche accomplie, elles quittèrent la pièce comme elles étaient venues, en silence.

Épuisée, Annaëlle ne pensait plus qu'à une chose ; cet immense lit qui l'attendait. Elle s'y glissa avec bonheur en soufflant la bougie sur la table de nuit.

Le reste pouvait bien attendre le lendemain, songea-t-elle en bâillant.

- LE ROI GUIL -

L'esclave hantait l'esprit du roi Guil, à tel point, qu'il ne pouvait fermer l'œil cette nuit-là.

À l'instant où il avait posé les yeux sur elle, ce fut une évidence : il la voulait et rien de ce qu'il voulait ne lui résistait jamais longtemps.

Elle lui faisait penser à une autre femme, en un autre temps, sa défunte femme : la douce Séléna... Il décida donc de se l'attribuer au plus vite. Les règles qu'il avait érigées lui-même, pouvaient aisément être détournées pour répondre à ses plaisirs perfides. Il était le Roi et ses désirs étaient des ordres.

Quelques instants plus tôt, il avait hélé ses gardes et mandé qu'on lui prépare la fille sur-le-champ : la 10934.

Ses chiffres étaient gravés dans sa mémoire. Il se passa la langue sur les lèvres, les prunelles éclairées d'une lueur inquiétante.

Il mourait d'impatience...

- ANNAËLLE -

Annaëlle ouvrit les yeux, paniquée, *était-ce un cauchemar ?* Il lui semblait qu'un corps lourd s'était abattu sur elle de tout son poids. Elle cligna des yeux pour mieux voir. La chandelle était allumée. Un homme se tenait au-dessus d'elle, un sourire sournois sur les lèvres. Il était entièrement nu. Son sang ne fit qu'un tour :

– NON ! PARTEZ TOUT DE SUITE !
À L'AIDE ! cria-t-elle en se débattant furieusement.

Il lui murmura à l'oreille en souriant :

– Crie tant que tu voudras petit oiseau, personne ne viendra.

Alors elle le reconnut, c'était l'homme qu'elle avait vu dans sa geôle : le Roi. Il la maintenait solidement d'une main de fer, l'immobilisant. Elle crut s'évanouir quand il lui arracha rageusement sa chemise de nuit, dévoilant sa nudité. Il la contempla et se mit à lui pétrir frénétiquement les seins tandis qu'elle le suppliait d'arrêter. Alors qu'il lui mordait rageusement les tétons, il entra en elle avec violence. Elle hurla à pleins poumons.

Quand il se fut rassasié d'elle, qu'il eut parcouru chaque parcelle de son corps à satiété, il la laissa là.

Puis, il quitta la pièce en refermant soigneusement la porte derrière lui.

La douleur l'assaillait de toute part.

Elle doutait d'être encore vie.

Au petit matin, Annaëlle n'était toujours pas parvenue à fermer l'œil. Tout son corps était douloureux et courbaturé.

Tania, une matrone grassouillette au teint mat, pénétra à pas vifs dans la chambre, ses cheveux bruns et touffus attachés en une masse informe au-dessus de sa tête. Elle portait un tablier à la propreté toute relative.

Elle tira d'un coup sec sur les rideaux et l'apostropha.

– Debout fainéante ! C'est qu'ça f'rait la grasse matinée pendant le labeur des autres, si c'est pas honteux ça !

Elle lui jeta au visage une robe grisâtre au tissu rêche.

– Du nerf ! Ou ça s'ra le baquet d'eau froide, morveuse !

Annaëlle se mit debout tant bien que mal.

La servante la toisa avec dégoût en avisant le sang séché le long de ses jambes et sur les draps. Elle lui désigna le seau d'eau qu'elle avait apporté et lui ordonna sèchement de nettoyer tout ça.

Lorsque Annaëlle fut changée et eut avalé en vitesse le morceau de pain rassis que Tania lui fourra dans les mains, elles descendirent dans le hall du château.

Tania se déplaçait avec une rapidité surprenante compte tenu de son poids.

Annaëlle ne s'appesantit pas sur la beauté du lieu, absente, son esprit était plongé dans une brume épaisse.

Parfaitement alignées les unes à côté des autres, une dizaine de femmes attendait bien droites dans le hall. Elles portaient toutes les mêmes tenues de servante qu'Annaëlle.

— Bien, claironna Tania d'une voix forte. Tout l'monde est là, c'est pas trop tôt ! On a du pain sur la planche. V'là une nouvelle recrue. La grande dormeuse… C'est quoi ton matricule, morveuse ? s'insurgea-t-elle contre Annaëlle, en lui donnant un coup de coude dans les côtes qui lui coupa le souffle.

Annaëlle fit un effort pour sortir de la brume qui l'engourdissait et répondit d'une voix éteinte :

— 10934. Mais je n'ai rien à faire ici... je ne sais même pas où...

— Ouais, ouais, répondit la matrone, nous aussi on d'vrait pas être là et pourtant on y est, hein les filles ?

Et elle se mit à rire d'un rire mauvais, désagréable, plusieurs filles joignirent leur rire au sien, tandis que d'autres ouvraient de grands yeux pleins de détresse.

— Bon assez bavardé, reprit Tania d'une voix forte. Désignant deux filles, elle commanda :

— Vous fr'ez les chambres à l'étage. Son gros index pointa Annaëlle et l'une de ses voisines :

– La nouvelle et toi les appartements du Roi. Vous, le hall...

Sa coéquipière s'approcha d'Annaëlle, à petits pas de souris :

– Je suis Mery, lui murmura-t-elle. Ne t'inquiète pas, au début ce n'est pas facile mais...

– Pas d'bavardages inutiles, beugla Tania. J'ai pas b'soin d'vous rappeler que le Roi y supporte pas l'oisiveté… Allons au travail ! Et qu'ça brille !

Mery détala à toutes jambes, suivie de près par une Annaëlle d'une pâleur extrême.

Cela faisait plusieurs heures déjà qu'elles s'évertuaient à lessiver les appartements du Roi. Annaëlle frottait les dalles du petit salon avec une énergie désespérée, tentant d'oublier où elle se trouvait et ce qu'elle avait subi la veille.

Soudain, elle entendit un grand fracas dans la pièce voisine, où travaillait Mery.

– Mery, tout va bien ? lui demanda-t-elle.

– Oui, oui, ce n'est rien... sa voix s'étouffa.

Mais les claquements entrecoupés de cris rauques, reprirent de plus belle contre les murs. Annaëlle voulut entrer dans la pièce, mais un garde en bloquait le seuil.

Au bout de longues minutes qui lui semblèrent une éternité, la porte s'ouvrit. Le roi Guil sortit, l'air triomphant, il quitta l'appartement en adressant un clin d'œil sournois à Annaëlle. Tremblante, cette dernière se précipita à l'intérieur de la chambre.

Mery essuyait ses larmes du revers de la main. L'une de ses manches était arrachée et des mèches de cheveux folles s'échappaient de son chignon.

Mais dans quel enfer était-elle tombée ?

- JULIUS -

Il pleuvait à seaux et Julius était trempé jusqu'aux os. *Qui était-il pour oser abandonner sa femme de la sorte ? Un couard, un lâche ? La laisser seule sans protection… Au nom de l'honneur, mais qu'était donc l'honneur si l'on ne parvenait même pas à protéger sa propre femme…*

– Temps de chien, grommela-t-il pour lui-même.

Il pressa sa monture, cela faisait une journée entière qu'il chevauchait et la bête faiblissait. S'il arrivait trop tard, il aurait fait tout cela pour rien et il ne l'accepterait pas !

Son informateur assurait qu'il débarquerait à l'aube et il la voyait poindre dangereusement à l'horizon. Il voulait le cueillir à son arrivée, pour ne pas risquer de perdre sa trace dans le coupe-gorge qu'était la ville du Gouffre.

Il regarda à nouveau le parchemin :

« Homme blond, mesurant dans les deux mètres, barbe proéminente, répondant au nom d'Aaron Sliny... »

Julius savait que sa cause était juste et c'était sur cela qu'il devait se concentrer. Ça ne l'avancerait à rien de ruminer en pensant à Léonie. Maintenant qu'il était là, il devait mener à bien sa mission.

Cela faisait plusieurs années maintenant que la rébellion s'organisait. C'était une entreprise périlleuse et harassante mais, à sa grande satisfaction, chaque jour qui passait voyait grandir leurs rangs. Bien sûr, il détestait vivre dans le mensonge, mais pour protéger Léonie il avait dû s'y résoudre. Le roi Guil était un Roi cruel, un dément. Ils devaient le détrôner et le plus tôt serait le mieux.

Après l'explosion, tout le système s'était effondré, des décennies de savoir et de technologies réduites à néant en un clin d'œil. Face à ce chaos, l'être humain avait renoué avec sa véritable nature. Bien qu'on l'eût oublié au fil des siècles et de l'évolution ; l'homme qui n'est en réalité qu'un animal de la chaîne alimentaire, retomba bien vite dans ses plus bas instincts primitifs pour survivre. Le peuple vivait dans la famine et la désolation. Il régnait un sentiment d'insécurité latente et une peur constante. La menace d'une attaque des irradiés planait au-dessus d'eux, comme un prédateur guettant sa proie ; car c'est bien ce qu'ils étaient, des prédateurs sanguinaires. Il leur fallait un chef, un guide, pour les mener et les protéger dans ce monde ravagé.

En la matière Guil s'était vite démarqué et comme tout homme avide de pouvoir, avait abreuvé inlassablement la population désœuvrée de ses belles promesses. Un homme jeune, charismatique et robuste qui n'avait pas son pareil pour manier les mots. Il n'en manquait guère plus pour qu'il se retrouve projeté à la tête des royaumes d'Égavar - d'une nouvelle monarchie.

– Aaron Sliny… marmonna tout haut Julius, en chassant de ses pensées les ombres du passé.

Le billet disait qu'il s'était échappé d'un camp d'esclaves, mais rien ne mentionnait sa faculté. Il en avait forcément une et l'ignorer ne lui disait rien qui vaille. *Dans quel guêpier m'as-tu encore fourré Falco ? Recruter des mercenaires était une chose qu'il avait en horreur. À quoi bon payer des hommes pour s'assurer d'une allégeance toute relative ? Rien ne valait un enrôlement de principe, d'honneur. Qu'adviendrait-il si le roi Guil leur proposait une offre plus alléchante ?* La famille d'Adamo et Falco Kersak avait beau avoir fait fortune et ne pas lésiner sur les moyens, il restait convaincu qu'on ne pouvait s'assurer de la fiabilité d'un homme en l'achetant de la sorte.

Le temps était détraqué dans cette partie du pays. Des orages ravageurs laissaient place à un soleil radieux les minutes suivantes. C'était un éternel recommencement, le temps ne se stabilisait jamais. La ville du gouffre fut nommée ainsi, en référence au trou béant qui cinglait la terre sur plusieurs miles de long, vestige des explosions monumentales qui avaient transpercé la surface de la terre.

Après une brève éclaircie brûlante, le temps s'obscurcissait à nouveau. Le tonnerre grondait dans le ciel, se muant en éclairs qui fendaient jusqu'aux tréfonds du gouffre.

– Étranger !

Julius se retourna, fouillant du regard les environs.

– Oui, toi là !

C'était un vieil homme qui l'interpellait, une sorte d'ermite. De longs cheveux blancs épars tombaient tout le long de son visage défraîchi. Quand Julius s'approcha, il vit que ses yeux étaient d'un blanc laiteux, translucide. Vraisemblablement il était aveugle. Il portait une longue tunique sombre, crasseuse et maintenait difficilement son équilibre avec une sorte de bâton de prêcheur. Son campement de fortune était installé à quelques mètres seulement du Gouffre.

– Vous avez besoin d'aide ? demanda Julius.

– Arf non, pour moi le temps est passé. Venez donc vous asseoir à l'abri mon ami.

– Que voulez-vous dire ?

– Je suis un vieil homme sur le déclin. Quant à vous, il vous reste tant de choses à accomplir.

L'homme prit appui sur son bâton pour s'asseoir à même le sol. Devant lui se trouvait un grand panier en osier.

Intrigué, Julius se rapprocha en consultant rapidement sa montre à gousset - montre que son père lui avait léguée bien des années auparavant.

Il devait se presser, il ferait bientôt nuit et Aaron pouvait être partout. *En espérant qu'il ne soit pas déjà loin…*

– Chaque chose vient à point mon ami, il n'est pas encore l'heure. Asseyez-vous. Vous avez bien quelques minutes à accorder à un vieil aveugle qui souffre de la solitude.

Le ton était impérieux, presque suppliant. À l'extérieur de la tente l'orage faisait rage. Julius accrocha la sangle de sa monture au tronc de ce qui restait d'un arbre calciné et prit place en face de l'étranger. *Je peux bien me reposer quelques instant*s.

– Qui êtes-vous ?

– Vous pouvez m'appeler Oz, cela me rappellera ma jeunesse…

Julius fronça les sourcils.

– Oz ? Comme le magicien d'Oz ?

Oz rit de bon cœur.

– C'était mon nom de scène mon ami. Avant que le monde ne s'enflamme que j'y perde la vue.

Le regard vide du vieil homme sembla le fixer intensément.

– Je pourrais vous faire un tour, en souvenir du bon vieux temps ?

L'homme semblait si heureux que Julius ne put se résoudre à le lui refuser.

– Allez-y, mais après je devrai partir. Je cherche un homme du nom d'Aaron Sliny. Vous le connaissez peut-être ? C'est très important…

Le panier en osier oscillait doucement.

– Non mon ami, ce nom de ne me dit rien du tout… Fermez les yeux maintenant et faites le vide dans votre esprit, ordonna-t-il.

Désorienté, Julius ferma les yeux.

— *Vous pouvez les ouvrir,* siffla le serpent.

Julius ouvrit de grands yeux, Oz était allongé sur le côté inconscient, tandis qu'un cobra se dressait devant lui de toute sa hauteur, une partie de son corps encore dans le panier en osier.

– *Regarde-moi dans les yeux Julius… Oui comme ça. C'est bien,* susurra le serpent de sa voix hypnotique.

Envoûté, Julius ne parvenait plus à détacher son regard des pupilles dilatées du serpent.

– *Humm… Je vois beaucoup de choses dans ton esprit Julius. Tu as eu une vie bien remplie. Je sais qu'il serait libérateur pour toi de te jeter au fond du gouffre, pour échapper à toutes ces épreuves… Oui je le vois ! Mais je sens aussi cette force, ce courage… Tu as une aura spéciale. Oui, tu peux encore avoir de belles années devant toi…*

Julius se sentait comme aspiré par le regard du reptile, une brume épaisse se répandait dans son esprit.

Il aurait voulu parler, faire un geste. Mais plus rien n'existait, si ce n'étaient les yeux fixes du serpent qui luisaient tels des astres, l'attirant à eux comme un aimant. Si seulement cette voix sifflante, enchanteresse, ne s'arrêtait jamais de parler ! On ne pouvait contredire cette musique si douce et si apaisante…

Le temps n'existait plus, seule la voix comptait.

– Pourquoi cherches-tu Aaron ?

Son esprit le chatouillait comme si le serpent rampait dans ses pensées.

– Ah oui je vois… Je vois très bien, c'est honorable. Aaron serait un atout de taille dans cette lutte ! Je le connais bien mon ami…

Le serpent réfléchissait.

Il s'immobilisa, cessant sa danse hypnotique sans lâcher des yeux Julius :

– C'est ton jour de chance mon ami... C'est moi, Aaron, déclara-t-il enfin.

- ANNAËLLE -

Les semaines s'étiraient en mois, il semblait à Annaëlle que cela faisait des années qu'elle servait en tant qu'esclave.

Elle apprit que le château se situait dans le royaume d'Arka, la capitale où demeurait le Seigneur et Maître tout-puissant d'Égavar : le roi Guil le sanguinaire. L'on racontait qu'autrefois le Roi avait été un homme fort bon et pieux ; au nom de Dieu il n'hésitait pas à incendier les hérétiques suspectés de sorcellerie. La mort en couches de sa défunte femme, la reine Séléna, le fit sombrer encore plus profondément dans la folie.

Un malheur n'arrivant jamais seul, quelques années plus tard, leur fille unique Héléna fut enlevée. S'ensuivit alors une frénésie sanguinaire d'assassinats d'hommes et parfois même de familles entières, suspectés d'avoir enlevé l'enfant royale. Mais rien n'y changea, malgré ce déferlement de violence, Héléna demeura introuvable.

Au sein du royaume d'Arka, la survie du peuple reposait essentiellement sur l'extraction de pierres précieuses dont le pays recelait quelques années auparavant, mais qui à présent, se tarissait chaque jour davantage. Les conditions de travail dans les mines étaient accablantes et le taux de mortalité accru par les conditions climatiques extrêmes. Devant le manque colossal de main-d'œuvre, le Roi s'était résigné à cesser les immolations d'hérétiques : pour le bien commun. Sans doute était-il persuadé que Dieu ne lui en tiendrait pas rigueur. Après tout, dans de tels moments de pénurie, cela aurait été un terrible gâchis que de se priver d'une main-d'œuvre gratuite d'esclaves.

Bien que protégé par des montagnes rocheuses, le Roi avait, dès le début de son règne, décidé d'élever vers les cieux des remparts vertigineux, offrant ainsi à l'édifice une défense digne de ce nom et la fortification finale ne pouvait le démentir. Le château possédait quatre tours majestueuses et des souterrains immenses aux allures de labyrinthe. Le royaume connaissait des hivers mordants. Durant de longs mois, il ne se dévêtait pas de sa robe de satin blanc. Ce qui en faisait un pays à la fois ensorcelant et dangereux par son vent glacial et ses rafales neigeuses.

Les villageois habitaient de petites chaumières de pierres bâties à l'intérieur des murs fortifiés. Seul un feu de cheminée constant parvenait à les épargner du froid glacial durant les longues journées d'hiver. Lorsque l'hiver laissait enfin place à un bref printemps, venait l'été aride et suffocant qui plongeait le pays dans la sécheresse.

Annaëlle vivait dans le château ou plutôt elle y survivait avec difficulté. La cage était dorée, mais bien plus sournoise que son ancien cachot obscur. On l'avait arrachée à un enfer pour un autre et elle se demandait comment elle pouvait encore trouver en elle la force de se lever chaque matin. Toujours ces perpétuelles questions : *Où était-il ? Que faisait-il ? Et surtout quand viendrait-il ? Quand Annaëlle était-elle devenue si obsessionnelle ? Quand cette folie l'avait-elle prise ?* Elle avait planté ses crocs en elle, pour ne plus la quitter. Elle tentait chaque jour vainement de s'en débarrasser, de redevenir sensée, de redevenir elle-même. Mais c'en était fait d'elle... Elle entendait cette voix à son oreille, elle lui disait ce qu'elle refusait d'entendre : *Tu ne t'appartiens plus à toi-même, regarde la réalité en face, ne reste plus que cette angoisse assourdissante. Tu attends l'heure de ton châtiment. Guettant un mot, un regard, ta vie est en suspens et tu ne peux qu'attendre.* Dans cette folie d'univers, dans ce voyage qui était devenu son existence, elle s'était révoltée, avait refusé, s'était battue et avait souffert, mais rien n'avait entaché sa soif de liberté. Elle était fille de caractère et comptait le demeurer. Il ne parviendrait pas à la briser... Les épreuves n'avaient pas anéanti sa volonté, ni les fers, ni la torture, ni même les humiliations. Elle s'était résolue à changer d'approche, à regarder ce monde avec des yeux différents. Pour survivre elle choisissait le silence. Sa première leçon avait été d'apprendre à ne pas entendre et à ne pas voir. Puis elle avait découvert la force de son esprit, cette liberté immense qu'il lui offrait grâce à son imagination et qui la préservait de la folie.

Après une journée harassante, à s'échiner dans tout le château, les pieds d'Annaëlle étaient en sang. Des festivités étaient organisées le soir même, tout devait être éclatant de propreté pour exacerber la magnificence des lieux. Cela faisait déjà plusieurs mois que ses mains étaient devenues rêches et calleuses.

L'être humain s'adapte à tout, pensa-t-elle.

Voilà que grandissait en son sein une vie nouvelle. La preuve irréfutable de ce qu'elle avait subi et ne pourrait jamais oublier. *Que ferait-il quand il l'apprendrait ? Serait-ce un nouveau prétexte pour la jeter aux gardes et l'humilier en public ? Ou bien lui ouvrirait-il bien grand les bras pour qu'elle s'y blottisse comme une enfant ? Serait-elle traitée en paria ou ovationnée comme une reine ?* C'était là toute la difficulté d'être la propriété d'un fou. Tout était à la fois possible tout en ne l'étant pas. Cette pensée la glaçait. Elle sentait qu'elle perdait pied et toute la volonté du monde n'y changerait rien. Son esprit s'égarait, glissant dans un brouillard tenace qui l'entravait et l'empêchait de raisonner. Elle n'avait quasiment rien avalé et tenait difficilement sur ses jambes. Levée depuis l'aurore, on la missionna pour servir durant les festivités qui se déroulaient dans la grande salle.

Tandis qu'elle se faufilait entre les tables, pour servir du vin à la riche assistance, un troubadour entama une mélodie prometteuse. Distraite, elle se retourna. Alors elle le vit ; Isaac… l'envoûtant Isaac. Lorsqu'il chantait, tout en lui était doux et gracieux, c'était un artiste, un poète à l'état brut. Il était comme possédé par une force bien plus grande que lui. Son art transcendait tout son être, ruisselant de ses yeux bleus aux douces couleurs de l'azur, jusqu'à ses doigts fins mués d'une vie propre qui dansaient avec habileté sur les cordes du luth. Grand et élancé, l'on ne pouvait dire qu'il était frêle, car il se dégageait de lui un charisme naturel et une puissance sereine. En l'observant, Annaëlle, eut l'image d'un lac splendide et majestueux dont la brise ne parvenait pas à altérer la splendeur miroitante. Ses cheveux étaient d'un blond doré et ondulaient sur ses épaules. Il avait les traits saillants, les pommettes hautes, la mâchoire volontaire et d'exquises fossettes se creusaient sur ses joues lorsqu'il souriait ; un sourire doux et enivrant... Lorsque leurs regards se croisèrent, elle fut envahie d'une onde de chaleur bienfaisante et le temps sembla s'arrêter, elle oublia où elle était et ce qu'elle était devenue... Cette esclave parmi les esclaves. Cet objet dont tous pouvaient disposer à leur guise, sans qu'il ne lui soit permis ne serait-ce que de s'opposer et encore moins de se révolter. Elle se noyait dans la profondeur de ses yeux avec avidité, tel un moribond assoiffé apercevant une oasis.

Soudain, elle lâcha le pichet de vin et l'éclat du verre brisé la fit sursauter. Elle s'empressa de ramasser les débris tandis qu'un convive hilare en profitait pour lui peloter les fesses. Son étourderie n'échappa pas au regard inquisiteur de Tania.

Quand Annaëlle franchit la porte de la cuisine, la matrone la suivait de près. Elle lui assena une gifle avec une telle force qu'elle en tomba face contre terre.

Elle songea à l'enfant et ne put se décider, *avait-elle peur qu'il succombe ou fallait-elle qu'elle prie pour ça ? Allait-elle vraiment mettre un enfant au monde dans cet univers sordide ?*

Elle ferma les paupières quelques instants et fut surprise de voir deux magnifiques yeux bleus qui la contemplaient. Elle ne se doutait pas encore qu'ils ne la quitteraient plus désormais. Ils avaient la lueur de l'espoir au beau milieu de l'obscurité.

- LE ROI GUIL -

Aucun ne manquait à l'appel, tous avaient accouru à son signal. *Bien* pensa-t-il, *je vais peut-être pouvoir faire quelque chose de cette bande de vauriens en guenilles... Le pouvoir de la peur ne subissait aucune limite.*

Ils se trouvaient dans les souterrains du château. *Un Roi qui devait se terrer comme un rat, voilà ce qu'il était* songea-t-il avec aversion. Mais cela ne durerait plus longtemps maintenant ; c'étaient eux qui allaient lui servir la victoire sur un plateau.

Parmi les plus prometteurs de ses mercenaires, se trouvait Alastor. C'était un grand gaillard aux longs cheveux bruns nattés, à la barbe broussailleuse, qui avoisinait de peu les deux mètres de haut, bien bâti et tout de muscles. Il avait passé la moitié de sa vie à combattre les irradiés à la frontière des terres désolés de Soahc, contenant l'ennemi et l'empêchant de gagner du terrain. Il était doté d'une force surhumaine, pour sûr que ses compagnons d'armes le regrettaient depuis qu'il avait été réaffecté à Arka sur son ordre.

Liam était la force sournoise, petit, d'allure frêle presque maladive. Le visage pâle comme la neige et les cheveux blonds comme les blés. Il ne quittait jamais sa flûte de Pan. Si vous aviez le malheur de tendre l'oreille cela pouvait bien être la dernière chose que vous n'entendriez jamais.

Guil se tourna vers Misty, sa première recrue, la jeune femme rousse qui lui devait la vie. D'allure fière et déterminée, elle se mouvait avec l'agilité d'un chat guettant sa proie. Le visage dur et volontaire, adouci par un petit nez retroussé, parsemé de taches de rousseur. Le port de tête altier, des traits rehaussés par un regard perçant ; un regard imprenable de ceux que l'on ne croise qu'une fois, avant que le mort ne nous gagne. Elle possédait des yeux vairons, l'un bleu et l'autre vert, mais l'on distinguait seulement l'œil vert l'autre étant dissimulé sous un bandeau. Excepté le Roi, tous les mercenaires qui se tenaient dans le souterrain, portaient un symbole sur le front en forme de : « S ».

Tout en observant Misty, le Roi se rappela la fameuse nuit où il l'avait sauvée et où ses vœux les plus chers virent enfin le jour.

Un jeune homme brun au teint mat levait des yeux fiévreux vers les hauteurs du château d'Arka. Son plan était infaillible, il aurait tôt fait de coiffer la couronne d'Égavar. Il mordit sauvagement la lèvre de Judith. La jeune fille blonde le regardait de ses grands yeux délavés et sourit en se passant la langue sur les lèvres pour essuyer le sang. Il lui ordonna d'une voix forte :

– Grave mon image en toi, tu ne la reverras pas de sitôt...

Elle fit la moue et répondit d'une voix sourde :

– Mais... le faut-il vraiment Hector ?

– Je te l'ai déjà expliqué plusieurs fois Judith, tu sais bien que la patience n'est pas mon fort.

Il se rapprocha un peu plus d'elle pour enserrer son cou de ses mains, il lui susurra à l'oreille :

– Jure sur ta misérable vie que tu me seras fidèle. Elle suffoqua en cherchant de l'air, puis il la lâcha brusquement. Judith se laissa tomber au sol à genoux, s'agrippant à sa jambe elle s'exclama en déglutissant avec difficulté :

– Je le jure sur ma vie... Sa voix s'éteignit dans un sanglot.

Il dégagea prestement sa jambe de son étreinte, puis s'éloigna sans ajouter un mot.

Devant lui se dressait l'imprenable forteresse d'Arka. Il n'avait plus qu'à dresser la main pour s'en saisir. Sans un regard en arrière, il tourna les talons, se faufilant discrètement parmi les ombres. Il sentait l'odeur du sang qui l'appelait telle une maîtresse impatiente.

Hector savait qu'à cette heure le roi Guil, qui était connu pour être un homme pieux, se trouvait en prière dans la citadelle. Quelle ironie... Prier son Dieu avant d'envoyer des enfants dans les flammes de l'enfer. Quel Saint homme il faisait... Sa lame avait soif de sang, il pressa le pas. Commettre un meurtre dans une demeure divine... Il serait trois fois maudit pour cela. Il en ressentit un plaisir intense, un large sourire étira ses lèvres à cette idée. Il se savait bien au-dessus de tout cela. Il appartenait à une autre race, une race supérieure, suprême et n'avait que faire d'un Dieu. Il était Dieu.

En cette fin de journée d'été, l'air chaud et sec lui asséchait la gorge. Lorsqu'il entra dans l'édifice, il accueillit la fraîcheur avec soulagement. Cela ne tarderait plus maintenant... Quel sombre idiot que ce roi, pensa-t-il, lorsqu'il le vit franchir les portes sans escorte. Il se prête une invulnérabilité qu'il est bien loin de posséder. Pauvre créature faible, dénuée de toutes facultés...

Le roi Guil s'agenouilla pour prier tandis qu'Hector, tapi dans l'ombre, se rapprochait en silence derrière son dos. Comme il aurait aimé le pourfendre et déverser son sang en ce lieu. Mais il se raisonna, il lui aurait fallu nettoyer en hâte pour ne pas être démasqué. Seul le résultat importait, se résigna-t-il.

Il franchit les derniers pas qui le séparaient encore du Roi. Avant que ce dernier ne puisse comprendre ce qui lui arrivait, il lui rompit le cou d'un geste net et précis.

Il le déposa au sol sans un bruit.

Puis il se dévêtit et se changea prestement. Il nageait dans les vêtements trop amples du défunt, mais cela ne dura guère longtemps ; son apparence changea. Il se métamorphosait. Le jeune homme de quinze ans en avait maintenant plus du double. Il était la copie conforme du roi Guil.

Il emporta le corps sans vie dans les catacombes, il prévoyait de revenir dans la nuit pour le brûler dans la forêt.

L'homme bedonnant pesait son poids, quand il sortit de l'édifice il était en sueur. Les gardes lui emboîtèrent le pas dans le silence, il savait parfaitement où il devait se rendre à présent.

Le bûcher se dressait devant lui, surplombant la grande place. Une enfant d'une dizaine d'années s'y trouvait maintenue fermement, une fillette, au vu de la longue crinière rousse qui dépassait du sac de jute placé sur sa tête. Hector inspira profondément, c'était le moment, son œuvre commençait maintenant. Le bourreau attendait le signal royal pour incendier la paille.

Hector, sous les traits du roi Guil, monta dignement les marches de l'estrade. Il prit place au côté de sa femme. Sa femme... Que cette pensée lui était douce. Mais il ne s'assit pas, d'un mouvement des bras il ordonna le silence à l'assemblée impatiente, qui se pressait pour mieux voir la mise à mort.

D'une voix forte, celle du roi Guil, il déclara :

– Paix peuple d'Arka. Votre Roi, à l'image de Dieu est miséricordieux. Je gracie cette enfant. Elle sera plus utile vivante. Elle servira les intérêts d'Égavar en tant qu'esclave.

Sa voix était sans appel. Il eut un mouvement de foule. Le peuple venu assister à la mort dans les flammes, se révoltait, réclamant son dû d'atrocités. La prisonnière se courba sous les jets de projectiles et d'immondices qu'on lui lançait au visage avec hargne. Les gardes se hâtèrent de la détacher et de lui faire quitter les lieux.

La reine Séléna regardait son mari avec perplexité, jamais encore il n'avait gracié une sorcière condamnée au bûcher. Sa mission divine consistait à exterminer « ses créatures du démon », d'après ses propres termes. Leurs regards se croisèrent tandis qu'ils rejoignaient le château. Ce qu'elle y vit, fit naître en elle un sentiment d'angoisse latente qu'elle ne parvenait pas à s'expliquer. Le Roi quant à lui marchait la tête haute. Il se réjouissait intérieurement. Enfin, après tant d'années…

Il se trouvait enfin à la place qui lui revenait de droit.

Chassant ses souvenirs d'une secousse de la tête, il reprit sa forme primaire avec un plaisir manifeste. Le roi Guil se métamorphosa en un homme plus jeune, au teint mat et à la longue crinière brune. Il s'adressa à Liam d'une voix forte, glaciale :

– Alors qu'avons-nous là ? Je ne suis pas d'humeur à m'extasier devant des gamins qui baignent encore dans leurs langes.

– Non votre Altesse Hector... balbutia Liam, vous ne serez pas déçu...

– Cela vaudrait mieux pour toi Liam, nous avons perdu trop de temps avec des bons à rien. J'ose espérer que la compagnie d'Alastor - il plaça la main sur son épaule - vous aura ouvert les yeux cette fois... grogna Hector, un sourire cruel aux lèvres.

Alastor s'approcha d'une grande cage, ménagea son effet comme l'aurait fait un illusionniste devant son public. D'un coup sec il fit glisser le drap qui la recouvrait.

– Celui-là nous a donné du fil à retordre mon Maître, mais je crois qu'il va vous plaire, assura Liam de sa voix envoûtante.

Tout d'abord il ne vit qu'un enfant misérable et maigrichon recroquevillé sur lui-même. Il devait avoir environ huit ans. Alastor saisit sa pique et l'enfonça sans ménagement dans l'épaule du garçon. Celui-ci hurla et se transforma en un aigle immense, plus grand qu'un homme.

– Splendide créature... murmura Hector en le contemplant avec avidité.

Lorsque l'aigle redevint un petit garçon, le Roi s'approcha de lui et prit sa voix la plus douce.

– Comment t'appelles-tu mon garçon ?

– Ménélas, souffla l'enfant.

– Tu nous seras très utile Ménélas. Je n'ai jamais eu la chance d'avoir un fils...

Les yeux de l'enfant se mirent à briller de plaisir.

- JUDITH -

En matière de folie Judith en connaissait long. Était-elle seulement consciente de son état ? Rien ne paraissait moins sûr. Elle avait grandi dans l'une des maisonnettes du royaume d'Arka avec Alain, son père veuf. D'aussi loin que remontait sa mémoire - depuis qu'elle savait marcher - Judith s'accommodait de toutes les tâches ménagères comme le faisait sa mère de son vivant. Le cœur empli d'amertume et de rage, elle savait que ce poison qui coulait dans ses veines ne se dissiperait jamais. Bien sûr, cela aurait été différent si son éducation s'était déroulée dans le respect et la bienveillance qu'elle méritait. Mais aux yeux des villageois et d'autant plus au regard de son père, elle n'appartenait pas à la race humaine. Très tôt, Judith comprit qu'elle devait ses tourments à « ses dons de malheurs », dont elle ne pouvait se défaire. Au fil des années, elle tenta de les enterrer au plus profond d'elle-même, sans résultat ; ils se manifestaient sans cesse. Alors contrainte, elle les toléra comme partie intégrante d'elle-même. De la même façon qu'elle acceptait sans se plaindre les coups que son père lui portait.

Dans son regard glacial, d'un bleu délavé, ne régnait plus la tristesse comme autrefois mais une déchéance nouvelle. Elle ne sentait plus les coups, ne voyait plus les regards de dégoût sur son passage, n'entendait plus les mots injurieux qui jadis la faisaient chavirer. Au fil du temps son cœur s'endurcit, laissant une démence progressive s'emparer de son être.

Il fut un temps où elle était belle… Tellement belle… Avec ses longs cheveux blonds, ses magnifiques yeux couleur océan, sa stature mince, sa voix cristalline, ses lèvres et sa peau de poupée de porcelaine. Mais à présent, dans ses yeux, la folie régnait. Les séquelles des châtiments endurés, parcheminaient sa peau délicate de bleus et de cicatrices. Quant à sa bouche, elle s'étirait sans cesse d'un rictus de démence.

Son histoire avec Hector remontait à l'enfance, bien avant qu'il usurpe l'identité du roi Guil. Du temps où ce dernier n'était qu'un garçon du peuple, tout comme elle. Une complicité se noua tout de suite entre eux, pour le meilleur mais surtout pour le pire ; car ils partageaient tous deux un goût accru pour la cruauté.

À l'aube de ses vingt-six ans, son Roi lui destinait une surprise qu'elle ne pourrait jamais oublier. Le soleil resplendissait ce matin-là, mais pour Judith le temps ne variait guère. Elle souffrait d'un défaut de la rétine et ne percevait le monde qu'en diverses teintes de noir et de blanc. Comme à son habitude, la jeune femme commençait la journée en étendant le linge dans la cour, quand un attelage s'arrêta devant la clôture de la maison.

Sur le perron, son père qui vidait sa première bouteille de whisky de la journée, grogna et insulta à tour de bras les gardes qui se présentèrent devant la porte en demandant sa fille.

– C'est pas une maison de passe ici les gars ! s'insurgea-t-il. Puis regardant sa bouteille vide d'un œil vitreux, il se ravisa d'un ton mielleux, et combien qu'vous proposez si j'vous la file aujourd'hui tout compt'fait ?

Un grand gaillard rougeaud lui répondit d'un ton sans réplique.

– Nous sommes ici sur ordre de Sa Majesté le Roi. Nous devons conduire votre fille au château.

Il gloussa en tanguant dangereusement sur ses jambes.

– T'iens v'la que ça fraye d'vant tout l'monde avec les paysannes m'aintenant. JUDITHHHHHH ! hurla-t-il. Ramène ton cul d'putain ici ! Y paraît qu'le roi, y t'a fait appeler !

Judith se précipita à bord de la charrette, sans parvenir à éviter au passage, la violente claque sur les fesses que lui assena son père.

Quelques minutes plus tard, ils la déposèrent aux abords du parc du château. Mis à part quelques rares promeneurs, elle se trouvait seule en ce début de matinée. Elle fut saisie par l'une de ses lubies, comme cela lui arrivait souvent ; une voix dans sa tête lui soufflait des idées invraisemblables. Une insatiable envie de déambuler dans les jardins s'empara d'elle.

Elle débuta une sorte de danse en chaloupant des hanches, les bras levés. Elle ne suivait pas les allées. Dans son état second elle marchait dans les massifs de fleurs, divaguait dans les ronces, escaladait les pierres, mettait les pieds dans les mares, animée d'un rire strident qui ne la quittait pas. Sa robe marron élimée, déjà dans un état désastreux, fut vite totalement recouverte de boue et déchirée, laissant apparaître sa nudité au gré de ses mouvements. Ses pieds nus, ses mains aux ongles noirs et cassés couronnaient le tout lamentablement. Des passants incrédules pressaient le pas pour fuir cette vision incommodante. Une catin déchaînée dans le parc du château ! Pareil spectacle ne se voyait pas tous les jours !

Ce fut ainsi que le roi Guil la trouva :

– Ma petite sauvageonne, murmura-t-il doucement un sourire ravi aux lèvres.

Judith l'entendit et courut à lui pour se jeter dans ses bras.

Lorsque la diligence la ramena ce soir-là, elle pressentit tout de suite que quelque chose clochait.

Un calme assourdissant régnait dans la cour. À cette heure tardive, son père aurait dû la saluer comme à son habitude, en gloussant des insanités en proie aux affres de l'ivresse. Elle s'attendait à l'entendre arriver pour se déchaîner sur elle à tout moment... Il la traiterait de putain et peut-être même lui jetterait-il des objets au visage.

Rien de tout cela ne se produisit, quand elle ouvrit la porte seul le silence régnait ; un silence de mort.

Puis elle distingua une forme dans l'obscurité, son père, étendu de tout son long à même le sol crasseux. Il baignait dans son sang. Étrangement, le calme se fit en elle. Placide, nulle ombre de larmes ne lui monta aux yeux. Judith s'agenouilla pour contempler le visage sans vie de son père et s'assura qu'il ne respirait plus... Un léger sourire naquit sur ses lèvres, s'étirant au fil des secondes qui passaient.

Puis elle avisa le morceau de parchemin posé sur le ventre inerte du défunt. Elle décrypta le message avec difficulté, faisant appel à ses connaissances rudimentaires en lecture :

« Joyeux anniversaire ma Douce. La diligence t'attend. H ».

Cette fois, elle se mit à rire à gorge déployée, rompant le silence de la nuit.

Alors la jeune femme se précipita au-dehors, droit vers sa renaissance.

- ANNAËLLE -

Étrangeté que les rouages de l'esprit, Annaëlle n'avait aperçu cet homme que quelques minutes mais il ne quittait plus son esprit. Il ne lui avait même pas adressé la parole. Et pourtant...

En l'absence du roi Guil, un doux répit s'offrait à elle par cette belle et chaude journée d'été qui s'annonçait. Tania elle-même s'adoucit à cette occasion, la libérant de ses corvées en fin de matinée. Les jardins du château resplendissaient de verdure et de fleurs de toutes sortes. L'entretien demandait un travail considérable aux esclaves en cette période de grande sécheresse. Pas un nuage ne s'étendait à l'horizon, le soleil culminait à son zénith et Annaëlle se prit à rêver à un autre temps, une autre époque et au parfum de la liberté. Elle traversa le parc, goûtant au plaisir de la nature, humant les arômes fleuris et offrant son visage au soleil avec gratitude. Elle se dirigea vers une fontaine de marbre blanc, arborée de splendides magnolias aux multiples teintes rosées et prit place sur un banc ouvragé. Elle ferma les yeux et tenta de chasser les pensées parasites de son esprit.

Subitement, sentant une présence, elle les rouvrit brusquement.

De magnifiques yeux bleus la fixaient sans ciller ; ceux-là même qui hantaient ses rêves depuis les festivités.

– Veuillez me pardonner, je ne voulais pas vous effrayer, commença Isaac d'une voix rauque qui tremblait légèrement sous l'émotion. Vous sembliez si paisible et formiez un si beau tableau. Que ne fus-je peintre pour en immortaliser la beauté…

– Peut-être en ferez-vous une chanson alors ? s'entendit-elle répondre tandis qu'un sourire furtif éclairait son visage.

Il lui sourit, d'un sourire si doux qu'elle sentit son cœur se serrer de bonheur dans sa poitrine.

Franchissant le dernier mètre qui les séparait, il lui prit délicatement la main pour y déposer un baiser :

– Je manque à tous mes devoirs. Je suis Isaac, pour vous servir Madame…

Elle rougit au contact brûlant de ses lèvres sur sa peau.

– Annaëlle, murmura-t-elle la gorge nouée.

En l'observant, il se désola de déceler en elle les séquelles d'une existence tourmentée. Elle portait une robe de seconde main, élimée, d'un bleu délavé. La fatigue et l'anxiété assombrissaient son beau visage pâle aux traits délicats. Son corps élancé, trop mince, laissait deviner l'état de sous-alimentation dans lequel elle se trouvait.

Ils passèrent toute la journée à discuter. Douloureusement, elle lui raconta comment elle et son ami Morgan tombèrent aux mains des esclavagistes. Omettant consciencieusement tout ce qui se rapportait au voyage dans le temps. Elle passa également sous silence les violences subies au château et l'enfant qui grandissait dans ses entrailles... Elle ne pouvait se résoudre à en parler. Puisqu'elle savait que cela raviverait plus encore sa douleur, comme lorsque l'on met du sel sur une plaie à vif.

Il fut une oreille attentive, le regard grave, il ne l'interrompit pas avant la fin de son récit.

— Je m'inquiète beaucoup pour Morgan… Je ne sais pas ce qu'il est devenu depuis qu'ils nous ont séparés à Richebourg.

— À quoi ressemble-t-il ? s'enquit-il. Je peux me renseigner en ville si vous voulez ?

Elle acquiesça avec espoir en lui décrivant Morgan d'une voix sourde.

— Je ferai tout pour ramener un peu de joie sur votre visage Annaëlle...

Elle détourna les yeux en rougissant. Alors il lui saisit doucement le menton pour qu'elle le regarde dans les yeux :

— Ce ne sont pas des paroles en l'air, je veux vous aider ! Il se fait tard, je vais vous laisser… Je ne veux pas vous attirer davantage d'ennui.

Ces mots furent comme une vague d'eau glacée. Annaëlle reprit ses esprits et vit que le jour déclinait dangereusement. Elle se leva prestement tandis qu'Isaac déposait un délicat baiser d'au revoir sur sa joue, répandant des ondes de plaisir dans chaque fibre de son être.

Elle le remercia vivement de son aide et s'arracha le cœur serré à sa présence, courant à toutes jambes vers le château tout en faisant des vœux pour que le Roi ne soit pas de retour.

Hors d'haleine, elle arriva devant les lourdes portes du château. Sans un mot, les gardes lui ouvrirent et reprirent leur impassibilité de statues de marbre.

Son cœur cognait douloureusement contre sa poitrine. Le souper des serviteurs se déroulait dans l'arrière-cuisine, *pouvait-elle s'y risquer ou valait-il mieux regagner directement sa chambre ?* Son ventre criait famine, mais le risque était trop grand. Si on la questionnait, mieux valait prétexter être souffrante et s'être couchée avant le couvre-feu…

Montant le grand escalier le plus silencieusement possible, elle soupira de soulagement en actionnant la poignée de son refuge. Seule la lumière de la lune, éclairait faiblement l'obscurité de la pièce. Elle s'apprêtait à allumer une bougie, quand elle sentit une odeur qui la paralysa instantanément.

Cette odeur…

Elle pâlit. C'était l'odeur qui hantait ses cauchemars, elle avait l'aigreur du danger, les relents du supplice.

La voix du roi Guil poignarda le silence :

– Bonsoir mon oiseau.

Elle se mura dans le silence.

Avec une lenteur calculée, il lui prit la bougie des mains et l'alluma.

– Ce beau minois me manquait... susurra-t-il en lui saisissant fermement le menton.

Elle sentait son souffle sur sa nuque, elle tenta de refouler sa nausée. Sans prêter garde, il lui assena une gifle qui lui coupa le souffle. Le lit amortit sa chute.

Elle vit dans ses yeux une lueur de folie.

Il ne comptait pas en rester là.

– Je n'ai pas pour habitude de laisser vagabonder mes affaires d'un bout à l'autre du château. Encore moins sans ma permission ! Où étais-tu ?

Elle resta muette.

La rage du Roi s'enflamma comme un brasier. Il avait l'indifférence en horreur. *Qui était-elle pour le défier de la sorte ?* Il la saisit par les épaules et la propulsa à travers la pièce. En tombant elle heurta la commode, s'ouvrant l'arcade qui se mit à saigner abondamment. Elle amortit difficilement sa chute de ses bras, tentant de protéger l'enfant du choc. Il se mit alors à la marteler de coups de pied au sol, la douleur l'assaillait de toutes parts tandis qu'elle se roulait en boule pour couvrir son flanc. Il la frappait dans les côtes. Elle finit par éclater en sanglots de terreur :

– L'enfant… Je porte votre enfant ! articula-t-elle avec difficulté.

À ces mots, les coups s'arrêtèrent de pleuvoir comme par miracle. Le Roi s'immobilisa, sonné.

Annaëlle profita de cet intermède pour se traîner dans un coin de la pièce, enserrant ses genoux de ses bras. Elle se balançait en tremblant de tous ses membres, telle une enfant perdue. Le sang maculait sa robe.

Guil s'approcha d'elle à pas feutrés, la surplombant de toute sa stature :

– Qu'as-tu dit ? Il détacha les mots comme s'il parlait à une demeurée.

Elle répéta courageusement dans un souffle :

– Je porte votre enfant.

Il l'attrapa violemment par les cheveux, elle hurla de douleur, tandis qu'il la traînait du sol jusqu'au lit.

– MENTEUSE ! hurla-t-il.

– Pourquoi… Elle cherchait de l'air, mentirais-je ?

– Petite garce ! Tu as cru que je te laisserais tranquille avec ce mensonge…

– C'est la vérité… Je vous assure !

– Mon enfant ? persifla-t-il. Tu n'es qu'une catin qui vagabonde comme une ingénue en pleine nuit. Tu n'en avais pas assez avec moi… Tu en voulais encore plus c'est bien cela ?

C'en fut trop pour elle, elle eut l'impression que quelque chose se fêlait en elle. Elle se mit à rire, d'un rire sonore :

– En vouloir plus ? Elle le foudroya du regard. Ce que je veux c'est voir votre tête au bout d'une pique !

Les yeux du Roi n'étaient plus que deux fentes noires. Il la fit rouler sur le ventre tandis qu'il lui maintenait les bras dans le dos d'une main, il retira sa ceinture de l'autre. Il remonta sa robe et baissa ses bas.

Il s'escrima pendant ce qui parut des heures à Annaëlle. Les coups de ceinture fendaient l'air avec rage.

Quand il cessa enfin, ses fesses ruisselaient de sang. Elle ne lui fit pas le plaisir d'hurler ou de supplier, elle serra les dents en pensant à sa vengeance. Car elle le savait maintenant, elle ne trouverait la paix que lorsqu'elle serait vengée. Il remit sa ceinture et tourna les talons, fermant la porte derrière lui.

Elle crut tout d'abord, qu'il en avait fini. Puis elle l'entendit héler un garde dans le couloir. La porte s'ouvrit à la volée, il rentra avec un homme à la longue chevelure rousse emmêlée.

Le roi Guil, la désigna de son index :

– Mon oiseau, je sais que tu n'es pas satisfaite, ricana-t-il, c'est l'adage de la jeunesse, je ne peux combler à moi seul ton appétit insatiable…

Puis il se tourna vivement vers le garde :

– Dean, elle n'en a pas eu assez. Que diriez-vous d'un petit divertissement ?

Le dénommé Dean souriait de toutes ses dents, à vrai dire il ne lui en restait pas beaucoup.

– Une dernière chose… Faites bien attention. Après tout je vais bientôt être papa !

Il se mit à rire, d'un rire glaçant presque sanguinaire. Annaëlle étouffa un sanglot, il était grand temps de ne plus voir à présent.

Sa vengeance serait terrible.

- ISAAC -

Isaac traversait le parc à grandes enjambées, l'esprit occupé par la belle Annaëlle et ses traits tourmentés. Il aurait voulu la réconforter, la protéger. Il connaissait la réputation d'homme cruel du roi Guil et ne pouvait se résoudre à imaginer le genre de perversité qu'il devait lui faire subir…

Le ciel s'obscurcissait, l'orage menaçait, résultat de la chaleur moite et suffocante de la journée. Il pressa encore le pas, tandis que de grosses gouttes commencèrent à tomber sur ses épaules.

Il longea les rues désertes et se réfugia dans l'atmosphère enivrante de la taverne du « *Lion Rugissant* ». Il logeait dans une chambre minuscule à l'étage. Isaac avisa d'un regard la patronne au bar, la belliqueuse Astrid, qui le dévisageait d'un air pincé. Pour sûr qu'il était en retard… Il ne payait pas sa chambre en échange d'une prestation chaque soir. S'il ne voulait pas dormir dehors sous le déluge il fallait faire vite, la maîtresse des lieux n'était pas commode.

Il se dirigea prestement vers sa chambre, prit son instrument et redescendit en vitesse. Il détestait jouer pour cette bande d'ivrognes, il n'en concevait aucune sorte de satisfaction mais au contraire un dégoût profond. Parfois, il se demandait même s'ils remarquaient sa présence…

Une bonne heure plus tard, son travail accompli, le troubadour put enfin prendre place dans un coin isolé de la salle devant un grand pichet de bière et une assiette de ragoût d'allure douteuse. Néanmoins, affamé, il l'avala d'un trait.

Des hommes s'installèrent à la table voisine pour jouer aux dés, fins ivres, ils braillaient à tort et à travers. Quand la servante passa pour prendre la commande, une belle jeune femme blonde aux formes généreuses, l'homme à la tignasse grasse qui lui tournait le dos l'attrapa sans ménagement. Il la fit asseoir sur ses genoux, glissa sa main crasseuse dans sa robe et s'empara de sa poitrine tandis qu'elle se débattait rageusement.

Isaac esquissa un mouvement pour intervenir, mais n'en eut pas le temps. Un jeune homme se jeta sur l'ivrogne. Ce dernier reçut son poing en plein visage et s'effondra de tout son long, tandis que la servante courait se réfugier derrière le bar.

Les trois autres hommes échangèrent un regard et d'un même geste se précipitèrent pour venger leur compagnon de beuverie.

Isaac poussa un soupir exaspéré, avala sa dernière gorgée de bière avant de se projeter dans la mêlée. Le troubadour et le jeune homme eurent tôt fait de prendre le dessus sur leurs assaillants imbibés d'alcool.

— Belle droite, le félicita Isaac en lui tapotant l'épaule.

— Merci répondit-il chaleureusement dans un souffle.

La serveuse se hâta pour les remercier chaudement, coulant un regard qui en disait long vers son jeune sauveur.

— Asseyez-vous. J'vous apporte à boire, c'est la maison qui offre, marmonna-t-elle en rougissant, puis elle retourna vers le bar.

Isaac prit place en face du jeune homme qui se présenta :

— Je suis Morgan.

Isaac n'en crut pas sa chance, tandis que l'image du doux visage d'Annaëlle s'imposait à son esprit.

— Morgan ? Morgan l'ami d'Annaëlle ?

Morgan se fit soudain suspicieux :

— Comment est-ce que vous la connaissez ? Qui êtes-vous ?

— Je suis Isaac… Il semble que nous ayons une amie commune Morgan ! J'étais avec elle cet après-midi, elle se fait énormément de soucis pour vous ! Cela va lui redonner le sourire d'apprendre que vous êtes en pleine forme… Au vu de ce qui est arrivé à ces hommes ! rit-il.

— Annaëlle est ici ! Comment va-t-elle ? s'exclama Morgan.

Isaac se rembrunit, son visage se durcit en pensant à la situation de la jeune fille :

– Je ne peux pas dire qu'elle va bien sans mentir Morgan… Mais elle est en vie. Elle est esclave au service du roi Guil, au château d'Arka.

À ces mots, la colère monta aux joues de Morgan.

En vie mais à quel prix ? Que lui avait-on fait ?

À cet instant, Léonie entra dans la taverne, fouilla les lieux des yeux et s'approcha de leur table.

– Voici Léonie, une grande Dame, la présenta respectueusement Morgan, tandis qu'elle prenait place à côté de lui.

– Voyons Morgan… Tu en fais trop, sourit Léonie.

La serveuse apporta les bières en fixant Morgan avec intensité.

– Bonsoir sourit Léonie à l'adresse d'Isaac, monsieur ?

– Isaac, enchanté.

– M'dame prendra quelque chose ? demanda la serveuse.

– Une bière s'il vous plait, acquiesça Léonie. La jolie blonde s'éloigna en ondulant des hanches.

– Ai-je tort d'espérer que vous sachiez quelque chose à propos de mon mari Julius ?

– Malheureusement je crois n'avoir jamais entendu ce nom, Madame.

– Mais il connait Annaëlle… et il semble qu'elle soit au plus mal… intervient Morgan.

– Annaëlle ? questionna Léonie en fronçant les sourcils, qui est-ce ?

Morgan prit une profonde inspiration :

– Je pense qu'il est grand temps que je vous raconte toute l'histoire, sur Annaëlle et moi…

Il fit une pause, dévisagea Isaac et arriva à la conclusion qu'il pouvait se fier à lui, il le sentait.

Alors il commença son récit en lâchant, comme l'on se débarrasse d'un fardeau :

– Nous venons du passé…

- ANNAËLLE -

Elle se trouvait là, comme morte.

Abandonnée dans cette vieille masure crasseuse, comme un objet hors d'usage dont on se serait débarrassé, chaque parcelle de son corps la faisait souffrir. Cinq hommes, ils étaient cinq… Annaëlle secoua la tête avec force. *Non elle n'avait rien vu, rien ressenti, elle n'était pas là, ce n'était pas elle qui avait vécu ces atrocités.* Sa rédemption résidait dans la force avec laquelle elle s'en persuaderait.

– Vous me la rappelez, vous savez ? Vous n'êtes pas la première à passer la nuit ici, grogna une voix chevrotante.

– Qui êtes-vous ? Je ne vous vois pas ?

Une vieille femme sortit de l'obscurité. Derrière les rideaux déchiquetés de la fenêtre, le jour commençait à poindre. Elle poursuivit en ignorant délibérément la question :

– Je lui ai dit qu'il fallait qu'elle parte avant qu'il ne soit trop tard. Cet homme… C'est le diable !

– Mais de qui parlez-vous ? interrogea Annaëlle qui oscillait entre l'inquiétude et la curiosité. *Cette vieille femme perdait-elle l'esprit ?*

Soudain elle la fixa dans les yeux de son regard ancestral :

– Oui… Cette chevelure… Ces yeux… Il faut partir ma Reine ! Il y a un passage oui… Je vais vous accompagner. Dans votre état vous ne pouvez pas rester une minute de plus ! Vous imaginez ce qu'il pourrait faire à l'enfant ? Il le faut ma Reine vous ne pouvez pas rester ! supplia-t-elle en sanglotant.

La pâleur d'Annaëlle s'accentua.

Comment savait-elle pour l'enfant ? Et pourquoi l'appelait-elle ma Reine ? Non ce n'était qu'une coïncidence troublante… Et pourtant…Elle parlait d'une échappatoire. Peut-être était-ce sa chance ?

La vieille femme la saisit par le bras et tenta de la relever malgré la faiblesse de son âge avancé, mais sans succès. Annaëlle se redressa avec peine, ses mains glissant contre le mur noir de crasse, sur lequel elle s'appuyait.

– Vous êtes sûre que tout va bien Madame ? Vous vous trompez, je ne suis pas votre Reine.

La vieille dame cessa ses jérémiades et fronça les sourcils :

– Madame ? Appelez-moi juste Annie. Nous étions d'accord pour nous appeler par nos prénoms, Séléna ! Après toutes ses années !

De toute évidence, Annie la prenait pour la femme défunte du roi Guil. Elle délirait ou bien son esprit s'égarait dans ses souvenirs du passé.

– Suivez-moi ma Reine ! C'est par ici… Vite ! Il doit déjà être en chemin !

Annaëlle décida de ne pas la brusquer dans un premier temps et d'obtempérer. Elle la suivit donc vers ce qui ressemblait à un placard à balais. Elles tenaient à peine toutes les deux dans l'espace réduit.

– Le passage est juste sous nos pieds ! Il mène directement au Désert Maudit… Faites-vite !

La vieille dame s'accroupit et tenta de soulever la lourde trappe sous leurs pieds, de ses doigts crochus et déformés.

– Madame… Annie, vous allez vous faire mal laissez-moi faire !

La porte d'entrée claqua d'un coup sec et toutes deux sursautèrent si bien qu'Annaëlle eut peur que la vieille femme ne fasse une attaque.

– Hé la catin ! l'alpaguait-on. C'est fini le bon temps. Viens par là que j'te ramène au château par la peau des fesses. Cette déclaration fut suivie d'un gloussement général parmi les soldats qui emboîtaient le pas du capitaine de la garde, le dénommé Dean.

– Non vous ne pouvez pas ! s'égosilla Annie. Il faut qu'elle parte ! Soyez maudit ! pleurnicha-t-elle en s'accrochant aux pieds du capitaine.

– Lâche-moi vieille folle !

Il poussa violemment Annie, la projetant en arrière. Annaëlle se précipita vers elle pour la relever, en lançant un regard noir au soldat. Mais Dean attrapa la jeune fille au vol et la balança sur son épaule en ricanant de plus belle. Il sortit dans la rue en la transportant ainsi. Spectacle qui n'offusqua nullement les badauds qui s'activaient dans la rue.

Ils passèrent devant « *Le Lion Rugissant* », les hommes de la garde sur leurs talons comme des chiens bien dressés.

À la vitre sale de la taverne, Annaëlle distingua de beaux yeux bleus luisant tel un phare au milieu d'un océan déchaîné…

- JULIUS -

Qui suis-je ? Où suis-je ? s'interrogea Julius.

Les arbres millénaires parfaitement alignés devant lui, formaient de longues lignes à perte de vue telle une armée végétale.

Quand je marche dans la vallée de l'ombre de la mort... D'où venait cette phrase qui résonnait dans son esprit ?

Son crâne le faisait affreusement souffrir.

Il errait, perdu dans ce dédale de chênes plus immenses les uns que les autres. Les arbres semblaient flotter dans les cieux sur les épais nuages de végétaux qui encerclaient leur tronc, créant une atmosphère irréelle.

Le jour tombait doucement.

Qui suis-je ? se demanda-t-il encore.

- ANNAËLLE -

Par les interstices de la fenêtre fermée, une brise salvatrice s'insinuait doucement. Le front contre la fenêtre, Annaëlle dormait profondément. Sa respiration lente et profonde créait de la buée sur la vitre.

Le jour, la jeune esclave vaquait à ses tâches domestiques comme une âme en peine, les épaules voûtées sous le poids de son malheur. Pourtant quand au détour d'une brève promenade, elle apercevait Isaac et parvenait à échanger quelques mots avec lui, elle laissait place à la femme qui sommeillait en elle ; celle qu'elle serait devenue, sans l'emprise de son bourreau. Lorsqu'elle voyait Isaac, elle se redressait sans en avoir conscience et sa démarche se faisait à la fois fière et féline.

Mais la nuit, baignée dans le clair de lune, la femme laissait place à une enfant chétive que l'on aurait voulu réconforter. Isaac était sa lumière au milieu de l'obscurité. Il parvenait à la maintenir en vie et de cela, elle lui serait à jamais reconnaissante.

Soudain, un bruit léger la tira du sommeil, une sorte de claquement. Elle ouvrit des yeux encore embués de sommeil ; une forme colorée derrière la vitre attira son attention.

Encore un claquement. Elle écarquilla les yeux, un canari frappait la vitre de son bec. La jeune fille ouvrit la fenêtre. Promptement l'oiseau s'y engouffra, puis se posa silencieusement sur le lit.

Ses contours devinrent flous, puis il disparut brièvement, laissant place à un Isaac plus beau que jamais. Annaëlle se pinça vivement pour vérifier qu'elle ne rêvait pas.

– Comment est-ce possible ? s'ébahit-elle en s'approchant pour toucher le visage d'Isaac.

Les yeux de ce dernier brillaient de joie :

– Allons donc ! Je ne pensais pas qu'il était encore possible de vous surprendre… Après ce que Morgan m'a raconté...

– Morgan ! s'exclama-t-elle aux anges.

Il plaqua vivement sa main contre sa bouche en souriant devant sa fougue.

– Moins fort Annaëlle... Oui, Morgan nous attend, nous devons faire vite !

Elle rosit de plaisir. *La chance tournait-elle enfin ?*

– Nous nous enfuyons ?

Le regard d'Isaac tomba sur ses bras couverts de bleus. Elle sentit la force de sa colère :

– Jamais je ne permettrai que vous restiez ici, à la merci de ce fou ! Ses yeux descendirent pour se poser douloureusement sur son ventre qui commençait à s'arrondir. Encore moins dans votre état !

Le cœur serré de gratitude, Annaëlle s'alarma :

– Il y a des gardes partout... Jamais nous ne sortirons vivants !

Il lui sourit, d'un sourire si tendre qu'une onde de chaleur l'envahit tout entière.

– Ne vous en faites pas pour ça, je me charge des gardes. Morgan nous attend à la sortie de la ville, avec des chevaux. Vous serez bientôt hors de danger.

Il lui tendit un sac avec des vêtements d'homme : ses vêtements.

– Si ça tourne mal, vous êtes un ménestrel de Richebourg, venu pour la grande foire de demain. Il réfléchit un instant. Hum… Disons que vous vous appelez Adam. Qu'en pensez-vous ?

– Un ménestrel ! s'exclama-t-elle d'une voix blanche en contemplant le luth qu'il lui fourrait dans les mains... Si on me demande de jouer, la couverture ne résistera pas longtemps !

Il lui fit un clin d'œil.

– Si tout se passe comme prévu, vous n'aurez même pas besoin de parler et encore moins de jouer.

Annaëlle voulut protester contre ce plan étrange, mais se résigna vite. Le temps manquait. Elle eut beau réfléchir à toute vitesse, aucune autre option ne lui venait à l'esprit. *Il fallait que cela fonctionne… elle devait y croire* !

Si le sort leur souriait, dans quelques heures à peine, elle serait libre. Enfin elle reverrait Morgan. Ensemble elle savait qu'ils finiraient par découvrir une solution pour rentrer chez eux.

Isaac se retourna pendant qu'elle se changeait en vitesse, nouant ses cheveux sur sa nuque à la garçonne. Lorsqu'elle eut terminé, il approuva :

– Parfait. Contentons-nous de descendre le plus discrètement possible. Si quelqu'un s'approche, je m'en charge. C'est bien compris ? Pas un mot !

Elle réprima un tremblement en acquiesçant silencieusement. Ses pensées dévièrent un instant, elle se surprit à songer que son air grave le rendait encore plus séduisant... *Voyons ! Reprends-toi Annaëlle* ! se réprimanda-t-elle en revenant à la réalité. Le moment était plus que mal choisi ; si le Roi la voyait, il la reconnaîtrait aussitôt et sa punition serait terrible...

Isaac se métamorphosa en magnifique canari orangé. Annaëlle céda à la panique. *C'est un canari qui va me protéger de la folie du roi Guil ?* Elle plaçait une confiance irrationnelle en Isaac, néanmoins il fallut qu'elle mît tout son courage et sa volonté à contribution, pour saisir la poignée d'une main tremblante. Puis s'avancer dans le couloir avec pour seul allié, un minuscule canari sur l'épaule.

Décrochant un chandelier, Annaëlle traversa l'immense couloir à pas feutrés, retenant sa respiration à chaque bruit, aussi infime soit-il. Pour ne rien arranger, l'oiseau semblait luire de mille feux dans cet éclairage fantomatique. Elle crut que son cœur allait cesser de battre dans le vieil escalier, qui grinçait affreusement sous chacun de ses pas. Quand elle parvint devant les lourdes portes d'entrée, qu'elle savait garder de l'extérieur par des hommes du roi, elle s'imaginait déjà croupir dans une cellule immonde entourée de rats, seuls spectateurs transis de son accouchement sordide.

L'estomac noué, elle ouvrit.

– Qui va là ? l'apostropha Dean.

Oh non ! Pas lui ! Pourquoi fallait-il que ce soit lui qui soit de garde ?

Il plissa les yeux pour mieux la voir dans l'obscurité. Elle ferma les paupières, c'en était fait d'elle. *Comment avait-elle pu croire qu'elle parviendrait à fuir ? Et par la grande porte qui plus est, ridicule !*

Alors l'oiseau se mit à chanter, un chant doux et mélodieux. Dean se figea un sourire idiot aux lèvres, fixant l'oiseau comme un enfant devant des confiseries.

L'autre garde, un petit homme trapu et grisonnant qu'Annaëlle ne connaissait pas, contempla son compagnon avec perplexité. À son tour, il se tourna vers elle :

– Non de Dieu… Pas un pas de plus ! gronda-t-il d'une voix sévère. Vaudrait mieux qu't'aies une sacrée bonne excuse pour traîner par ici en pleine nuit !

Elle s'apprêtait à répondre, lorsque l'oiseau entama son chant envoûtant. Alors, les paupières du garde se fermèrent et il tomba à la renverse en ronflant bruyamment.

Sans attendre une seconde de plus, Isaac reprit forme humaine et entraîna Annaëlle dans sa course en direction des remparts.

La curiosité de cette dernière refit surface :

– Pourquoi s'est-il endormi ? s'étonna-t-elle. Alors que Dean est resté là, à nous regarder comme un idiot ?

Isaac haussa les épaules :

– Aucune idée. Chacun réagit à sa façon… Dépêchons-nous !

Elle en aurait pleuré de joie, s'ils ne manquaient pas cruellement de temps pour s'émouvoir. Son sentiment d'euphorie fut de courte durée.

Au fond d'elle, elle savait qu'ils n'étaient pas encore sortis d'affaire, car dès que les gardes reprendraient conscience, l'alerte serait donnée…

- LE ROI GUIL -

Judith dormait paisiblement au côté de son Roi, sa peau de porcelaine, parcheminée de marques bleuâtres, sur le cou, les bras et les seins.

La nuit durant, elle s'était attelée à le remercier de son cadeau d'anniversaire, de toutes les façons imaginables, ne cessant de lui demander de serrer plus fort. Ils avaient atteint l'orgasme ensemble, dans un râle animal, déchirant le silence du château.

Le sommeil lui-même ne parvenait pas à effacer le sourire effronté, figé sur la lèvre boursouflée de la jeune femme.

Cela le mettait en appétit…

Guil se leva, revêtit ses bas de chausse et se décida à rendre visite à son petit oiseau. Il ne doutait pas de l'efficacité de la punition infligée ; pour sûr qu'il la retrouverait esseulée et docile. Il réfléchit un instant, se disant que si elle se repentait assez fort cette nuit, il pourrait même se laisser fléchir à octroyer un titre honorifique à son bâtard.

Oui... Il était d'humeur miséricordieuse.

Il jeta un dernier regard à Judith avant de refermer derrière lui ; décidé à épouser cette femme pour qu'elle lui donne des héritiers à sa hauteur. Il aimait sa folie et sa servitude totale à sa cause. Il savait que s'il lui demandait de mourir pour lui, elle s'exécuterait sans hésiter une seconde...

Il ouvrit la porte de la chambre d'Annaëlle.

Trouvant la pièce vide, il hurla de rage. Un garde accourut aussitôt sur le seuil de la porte. Le Roi lui ordonna de quérir Alastor et sa garde rapprochée.

– Qu'ils viennent sur-le-champ ! rugit-il.

Craignant les foudres du Roi, le garde décampa sans demander son reste en direction du souterrain.

C'est le moment de mettre à l'épreuve le jeune Ménélas... songea-t-il avec aigreur, en se jurant d'enfermer cette garce, jusqu'à ce qu'elle mette bas de son bâtard.

- ANNAËLLE -

Annaëlle et Isaac, sous sa forme de canari, arrivèrent devant les immenses murailles. Au moment de passer près des gardes, Annaëlle se sentait beaucoup plus sereine. L'oiseau chanta et on les laissa passer sans poser de questions. À l'extérieur de l'enceinte fortifiée, les étoiles brillaient de mille feux dans la nuit d'encre.

Soudain une ombre colossale voila la lune, un aigle immense plongea sur eux. Isaac reprit forme humaine et saisit la main d'Annaëlle pour l'entraîner dans sa fuite. Elle ne doutait pas un seul instant de ce que cela signifiait, il savait.

Un moulin à vent en ruine se dressait devant eux, au milieu d'un champ d'arbres calcinés. La nature reprenait ses droits, le recouvrant de végétation jusqu'aux ailes de bois rongées par le temps. Animé d'une vie propre, le lierre enserrait les vieilles pierres de taille, tel un amant transi, les étreignants de ses milliers de doigts avides. Un silence lourd et pesant régnait. L'aigle avait disparu de leur champ de vision.

Ils arrivèrent face à la porte de bois de l'édifice, verrouillée par une lourde chaîne métallique. Isaac l'enfonça de son épaule. Le bois usé par les années, finit par céder sous ses assauts furieux.

Ils rentrèrent, en replaçant la porte derrière eux, du mieux qu'ils le pouvaient. L'odeur de moisissure et de renfermé, leur prit la gorge.

Tant bien que mal, ils montèrent à l'étage dans la pénombre, se frayant un passage parmi les épaisses toiles d'araignée. Au premier étage, une petite fenêtre brisée à ras du sol donnait sur l'extérieur. Ils s'assirent au pied de celle-ci, à même le parquet élimé, mangé aux mites, au milieu des débris et de la végétation sauvage. Ils scrutaient anxieusement la nuit par la fenêtre, à la recherche de la créature gigantesque.

– Il va nous trouver n'est-ce pas ? murmura Annaëlle d'une voix blanche.

Isaac la fixa de son regard aussi beau qu'un ciel d'été sans nuages.

– Ne pense pas à cela, Annaëlle.

Voilà qu'il la tutoyait à présent ! La proximité de la mort fait tomber bien des barrières... pensa-t-elle devant l'ironie du sort.

De ses pouces, il essuya les larmes qui naissaient sur les joues de la jeune fille. L'air se chargea soudain en électricité. Il l'attira à lui et toute peur la quitta.

Seul l'instant présent comptait.

Ils échangèrent un long baiser, à la fois tendre et passionné, qui éveilla en elle un tel désir qu'elle eut la sensation de s'embraser.

– Si nous devons mourir...

Il lui plaqua la main sur la bouche d'un air grave.

— Ne dis pas cela ! se fâcha-t-il doucement.

La situation désespérée poussa Annaëlle à mettre des mots sur ce qu'elle ressentait :

— Mais Isaac, si c'était le cas... Je voudrais être à toi, être à toi au moins une fois.

D'une voix nouée par l'émotion, il répondit :

— Annaëlle... Tu es sûre de ce que tu dis ? Tu le veux vraiment ?

Une ombre passa sur le visage d'Annaëlle et sa voix se fit presque suppliante :

— Montre-moi Isaac. Fais-moi oublier... Fais que cela n'ait jamais eu lieu !

De la haine brûla dans les yeux d'Isaac lorsqu'elle fit allusion à ce qu'elle avait subi, aussitôt éteinte par un amour sincère et un profond respect. Il soutenait son regard avec force :

— Cela n'a jamais eu lieu Annaëlle. Il n'y a que toi et moi, ici et maintenant.

Il entreprit d'embrasser chaque parcelle de son corps. S'abandonnant totalement, elle crut renaître dans le brasier qu'Isaac dessinait sous ses doigts. Ils se trouvaient dans un lieu qui n'appartenait qu'à eux, à eux seuls. Un monde à mi-chemin entre la vie et la mort, là où le temps n'était plus qu'une notion absurde. Seule l'union de leur être et de leur souffle existait dans cette réalité. Ne subsistaient plus que leurs corps, s'entremêlant dans une symbiose parfaite.

Quand ils furent enfin rassasiés, ils s'écroulèrent dans les bras l'un de l'autre, la respiration haletante, plus conscients que jamais d'être en vie. Il la contemplait intensément, d'un regard fougueux.

Un silence complice s'installa entre eux, qu'il finit par briser, en affirmant avec conviction :

– Je t'aime Annaëlle.

Resserrant sa prise sur elle, il ajouta avec force :

– Je donnerai ma vie pour toi.

Alors elle se mit à pleurer doucement, un sourire douloureux aux lèvres :

– Je t'aime. Je t'aime si fort Isaac que mon cœur pourrait éclater.

Épuisés, ils s'endormirent serrés l'un contre l'autre, comme si leur vie en dépendait.

Annaëlle se promenait dans un champ de blé, sous un ciel d'été limpide, sans un nuage à l'horizon. Elle sentait la joie la submerger, elle était si heureuse, il y avait tellement de bonheur et d'amour dans sa vie. Elle caressa son ventre arrondi, songeant à l'enfant à venir. Était-ce une fille ou un garçon ? Comment serait-il ? À quoi aspirerait-il dans la vie ? Comment serait le son de son rire ?

Une chose était certaine, l'amour inconditionnel qu'elle lui portait déjà. Elle souriait à la nature, ouvrant les bras pour caresser les hautes tiges de blé, tournant sur elle-même comme une enfant.

De là où elle se tenait, elle pouvait apercevoir la maison en bois, construite des mains d'Isaac ; leur chez eux. Le seul endroit où on elle se sentait véritablement chez elle et en sécurité. Maisonnette sans prétention, elle la trouvait chaleureuse avec ses deux étages, ses grandes fenêtres à l'avant qui donnaient sur les champs de blé et celles à l'arrière qui révélaient un magnifique lac argenté sous les rayons du soleil. Une terrasse fleurie entourait la maison, sur laquelle se trouvaient deux rocking-chairs, où ils s'asseyaient souvent pour contempler le lever et le coucher du jour sur la surface miroitante de l'eau.

– Maman ! Annabeth a recommencé !

Elle se retourna.

Un petit garçon au teint mat l'observait, d'un air renfrogné. Une bouffée d'amour l'envahit instantanément, du haut de ses cinq ans, c'était déjà un vrai petit homme, avec ses poings sur les hanches. Ses cheveux de jais ondulaient le long de son petit visage, jusqu'à son menton. Il la regardait de ses yeux vifs et intelligents, de la couleur du sable du désert.

Elle retenait son sourire, devant l'attitude sérieuse de son fils.

– Qu'a-t-elle fait encore cette fois Noham ?

Il regarda en l'air, dans une parfaite imitation d'un adulte excédé.

– Elle est montée en haut du grand arbre. Encore !

N'y tenant plus, elle rit de bon cœur. Il fronça les sourcils.

– Ce n'est pas drôle maman !

– Mais non… Je ne ris pas pour ça mon chéri… Allons la chercher, avant qu'elle ne se casse une jambe. Je me demande parfois, si on ne l'a pas échangée à la naissance avec une sauvageonne !

Annabeth se tenait perchée, en haut d'un immense chêne qui bordait l'étang, à l'arrière de la maison.

Suspendue à une grosse branche, la tête dans le vide, elle ressemblait à un petit singe habile.

Elle avait le même âge que son frère, les mêmes pommettes saillantes et la même chevelure sombre. Son teint, légèrement hâlé, trahissait ses longues heures de jeux passées dans la nature.

– Annabeth ! Descends immédiatement ! ordonna Annaëlle, autant inquiète que courroucée par l'intrépidité de l'enfant.

Agilement, Annabeth se redressa pour s'asseoir tranquillement sur la branche, un petit sourire confiant aux lèvres.

– Pourquoi maman ? questionna-t-elle innocemment.

– Cesse ton insolence Annabeth… Tu sais très bien pourquoi !

– Mais maman...

– Il n'y a pas de mais ! Descends avant que je ne monte te chercher ! menaça Annaëlle.

– Bon d'accord... La petite fille entreprit la descente avec assurance, non sans avoir d'abord soufflé bruyamment son mécontentement.

Arrivée devant sa mère et son frère, son air bravache disparut instantanément, comme neige au soleil. Elle fixait ses pieds nus, avec un intérêt soudain.

Une vraie sauvageonne, songea encore Annaëlle en contemplant la robe pleine de boue et d'accrocs de sa fille. Elle posa affectueusement la main dans les cheveux en broussaille de l'enfant, tout en s'agenouillant pour la regarder dans les yeux. Ses cheveux aussi raides que ceux de son frère étaient bouclés. Quant à ses yeux pleins de malice, ils avaient la couleur de l'émeraude comme ceux de sa mère.

– Regarde-moi Annabeth. Promets-moi de ne pas recommencer. Je t'ai déjà dit cent fois que c'était dangereux là-haut.

– Elle n'écoute jamais rien ! intervient le petit garçon.

– C'est à ta sœur que je parle Noham.

Il fit la moue.

– Alors Annabeth, j'écoute ?

– Oui maman je ne recommencerai plus. Elle leva ses magnifiques yeux vers sa mère. Promis.

– Papa ! claironna Noham.

Isaac rentrait des champs, sale, les traits tirés et l'air éreinté. Mais Dieu qu'il était beau, pensa Annaëlle en sentant son cœur se serrer dans sa poitrine. Elle courut se réfugier dans ses bras et l'embrassa à perdre haleine, aussitôt rejointe par les enfants. Alors il se détacha de son étreinte pour les prendre dans ses bras. Puis, il fronça les sourcils pour réprimander gentiment Annabeth :

– Je t'ai vue dans l'arbre jeune fille. Je ne...

Il y eut un grand fracas.

– Ils sont ici mon Maître ! hurlait-on de l'extérieur.

Annaëlle émergea de son rêve en sursaut, totalement désorientée.

Isaac se leva pour la protéger, saisissant son épée.

– ATTRAPEZ-LES ! rugit la voix du roi Guil.

Une dizaine d'hommes les encerclait, ne leur laissant aucune échappatoire.

Du revers du coude, Alastor envoya Isaac valser contre le mur.

– NOOOOOON ISAAC ! protesta furieusement Annaëlle, terrorisée.

– Je vais bien Annaëlle. Fais ce qu'ils disent...

Alastor lui assena un coup dans le ventre qui le fit taire, puis l'entrava solidement avec une corde. Tandis que Misty s'emparait d'Annaëlle, qui se débattait farouchement, mais elle eut tôt fait d'être ligotée à son tour.

– Debout ! ordonna sa ravisseuse.

Ils émergèrent du moulin, sous bonne garde. Le roi Guil attendait dehors. Il persifla à l'attention d'Annaëlle :

– Mon petit oiseau n'a pas été sage.

Il secoua la tête. Les coins de sa bouche s'étirèrent d'un rictus mauvais.

– Je dirais même, qu'il a été vraiment très vilain...

Tentant le tout pour le tout, Isaac se métamorphosa en canari, se libérant ainsi de ses liens et prit son essor.

Ménélas, le jeune garçon qui se tenait derrière le Roi réagit immédiatement. Sous le regard ébahi d'Annaëlle, il se changea en un immense aigle. Il prit en chasse le canari, qui semblait bien misérable devant l'immense créature. En désespoir de cause, le canari entama son chant... Mais à peine eut-il prononcé la première note, que les serres de l'aigle se resserrèrent sur lui, lui coupant le souffle et arrêtant net son chant.

C'était fini. Si seulement elle pouvait se réveiller de ce cauchemar.

- MORGAN -

Ça n'allait pas. Non, décidément quelque chose clochait.

Il en était persuadé à présent. Il échangea un regard de connivence avec Léonie, qui lui confirma qu'elle pensait de même. *Annaëlle que t'est-il arrivé cette fois ?*

Pourtant, le plan lui avait semblé infaillible.

Après tout, on ne rencontrait pas tous les jours, homme capable de se changer en canari et de paralyser ses ennemis en chantant ! Ce futur demeurait une énigme pour Morgan… Lors de leur rencontre avec Isaac il avait découvert que dans ce monde, certaines personnes possédaient des dons étranges : des facultés hors normes. Mais ces révélations demeuraient bien floues dans son esprit et il s'était juré de faire la lumière sur tout cela, dès qu'Annaëlle serait hors de danger.

Que devaient-ils faire à présent ? Isaac leur avait dit de ne pas chercher à les retrouver, s'ils n'arrivaient pas dans les temps et d'embarquer comme prévu. Mais, ils ne pouvaient pas les abandonner comme ça ! Il fallait qu'ils trouvent un moyen de les aider !

L'aube se levait derrière les arbres. Il était tard, trop tard. Ils devaient se rendre à l'évidence ; le plan avait échoué.

Morgan finit par briser le silence pesant, d'une voix sourde :

– Et si nous retournions en ville ?

– J'allais te le proposer, acquiesça Léonie, tandis qu'elle observait le ciel avec aigreur. De toute façon, nous n'arriverons jamais à Richebourg dans les temps.

Il savait combien cet échec coûtait à Léonie ; aucune nouvelle de son mari ne lui parvenait depuis de longs mois et elle peinait à maintenir la tête hors de l'eau. Son masque de femme forte, s'écaillait chaque jour un peu plus. Seule la perspective de trouver des réponses chez les vieux amis de Julius la faisait tenir.

Adamo et Falco semblaient être son unique espoir de le retrouver un jour, car il s'était tout bonnement volatilisé dans la nature. Bien sûr, elle leur avait écrit, mais avec pour seul retour, une réponse succincte lui enjoignant de venir en personne. Elle en déduisit, qu'ils ne pouvaient rien révéler par écrit.

Mais leur rencontre inespérée avec Isaac changea la donne. Léonie, Morgan et Isaac décidèrent alors d'un plan visant à faire évader Annaëlle, avant de fuir vers Isidore.

Convaincu que Léonie était encore ici à se ronger les sangs par sa faute, Morgan se sentait affreusement coupable de lui infliger cette attente supplémentaire.

– Léonie, quoi qu'il se passe dans une semaine, tu feras voile vers Isidore. Avec ou sans moi ! Après il sera trop tard... Les navires seront de plus en plus rares, avec les tempêtes d'automne.

Elle le regarda longuement, cet esclave qu'elle avait affranchi et appris à aimer comme un fils. Après un long silence, elle déclara d'une voix assurée, en pressant son cheval en direction d'Arka :

– Je ferai ce que je dois Morgan.

Morgan lui emboîta le pas. Jamais il ne cesserait d'admirer cette grande dame.

Ils entrèrent dans la ville, sous la clameur d'habitants surexcités. Une animation frénétique régnait, en ces premières heures d'installation de la foire annuelle. La foule se pressait sur les pavés de la rue exiguë.

D'une main agacée, Morgan dégagea de ses yeux ses mèches de cheveux hirsutes que la chaleur collait sur son visage, les plaçant tant bien que mal derrière ses oreilles, tandis qu'il tirait sur les rênes de sa monture pour la faire marcher au pas. Ses cheveux lui arrivaient presque au creux de la nuque à présent et sa barbe s'épaississait. *Que ne donnerait-il pas pour une bonne coupe, surtout avec cette sécheresse !*

Ils passèrent devant la taverne du « *Lion Rugissant* », étrangement pleine à craquer, en cette heure matinale. Il éprouva un vide étrange en fixant la devanture délabrée, comme si une pierre tombait au fond de son estomac. Bien qu'il l'eût nié en bloc sous l'interrogatoire pesant de Léonie, la jolie servante blonde pour laquelle il s'était battu, hantait toujours son esprit. Il s'en voulait d'être ainsi trahi par des sentiments, qu'il préfèrerait oublier. Les événements ne lui laissaient pas le temps de se complaire dans ce genre de futilité.

Léonie l'observait avec l'ombre d'un sourire sur les lèvres. Il tourna vivement la tête, se forçant à détacher son regard de la taverne et continua à fouiller des yeux la masse compacte de pauvres gens, dans l'espoir vain d'y trouver Annaëlle ou Isaac…

Une cloche tinta, comme l'on sonne le glas. Morgan frissonna malgré la torpeur ambiante, sans qu'il ne puisse se l'expliquer ; il pressentait qu'elle n'annonçait rien de bon.

– Cela vient de la grande place, commenta Léonie sur ses gardes.

Comprenant qu'ils ne pourraient avancer plus amont avec leur monture, ils décidèrent - au grand dam de Morgan - de prendre une chambre à la taverne du « *Lion Rugissant* », où ils purent laisser les bêtes à l'aubergiste.

Ils se mêlèrent à la foule compacte de va-nu-pieds, qui se muait comme un seul homme, vers le centre de l'agitation. Partout, des hommes s'échinaient à installer des stands le long des façades qui tombaient en ruine.

Étrange spectacle, que cette activité pressante dans ce lieu partiellement détruit. La reconstruction nécessitait du temps, des hommes et d'importants moyens financiers, si bien qu'une bombe aurait tout aussi bien pu avoir explosé la veille… Dans ce théâtre sinistre, le décalage avec la foule surexcitée en était d'autant plus saisissant.

Des hommes installaient des lices ; un tournoi de joute équestre se préparait, avec les moyens du bord. Près de ce qui restait de l'ancien hôtel de ville, des ouvriers ruisselant de sueurs, s'échinaient à monter une estrade. Une impressionnante cloche ancienne se dressait, suspendue sur des tasseaux en bois, à quelques centimètres au-dessus du sol.

Un petit homme rondouillard, frappa la cloche avec une sorte de gros marteau, faisant retentir à nouveau le son désagréable. Quand le bruit se fut dissipé, il s'exclama d'une voix tonitruante :

– Oh brave peuple d'Égavar ! Le roi Guil est heureux de vous annoncer, l'ouverture officielle de la trente-troisième foire annuelle du nouveau monde. Vous êtes des survivants suprêmes, des pionniers ! Il connaît votre labeur acharné et votre dévotion totale à la couronne. Ainsi, pour vous féliciter, notre honorable Majesté a décidé que les festivités se poursuivraient durant sept jours.

Des acclamations de joie suivirent cette déclaration.

Le petit homme se racla la gorge et continua :

– Vins, bonnes chairs, concours de joutes équestres, cracheurs de feu, marionnettes, bouffons et troubadours vous divertiront, durant cette semaine. Mais ce n'est pas tout ! Oh brave peuple d'Égavar ! Notre Roi sait, votre soif de justice et de paix. Ce soir, lorsque la nuit tombera, il vous offrira, oui à vous brave peuple d'Égavar…

Il fit une pause pour ménager son effet.

– La justice par les flammes ! Un démon de la pire espèce périra dans les flammes de l'enfer !

Les acclamations enfiévrées de la foule, affamée de supplice et de mort, montèrent d'un ton. Sans doute, la fin funeste des autres, permettait à ces pauvres miséreux d'oublier leur propre déchéance…

– Brave peuple d'Égavar ! Allez en paix ! Jouissez, buvez, festoyez en l'honneur de notre grand roi Guil le généreux !

Des hourras puissants résonnèrent dans toute la place, la foule sautait de joie en applaudissant frénétiquement.

Promettez le pain, les jeux au peuple affamé et il vous vénérera comme un dieu, raisonna sinistrement Morgan.

- ANNAËLLE -

Au moins, Annaëlle ne se trouvait pas au fond d'une cellule crasseuse. Elle ne croyait pas en sa chance, c'était presque trop beau pour être vrai. On l'avait enfermée à double tour dans sa chambre, sous bonne surveillance. Elle entendait le garde derrière la porte. Il se dégourdissait les jambes d'un pas pesant, en arpentant le couloir. Inlassablement, ses pensées revenaient à Isaac. *Qu'allait-il lui faire ?*

Elle ne s'inquiétait pas pour son propre sort, seul Isaac comptait. Lui, courait un réel danger, alors qu'elle bénéficiait d'un répit. Épargnée de la violente colère du roi Guil, Annaëlle devinait qu'elle devait cet égard à sa grossesse. Son bourreau mourait d'impatience de mettre la main sur cet enfant et d'en faire l'une de ses marionnettes obéissantes. Bâtard ou non, il demeurait, pour l'heure, son unique héritier… *Et si Guil déversait toute la force de sa colère sur Isaac ? S'il lui arrivait malheur, jamais elle ne se le pardonnerait !*

La jeune femme se laissa tomber sur le lit, telle une poupée de chiffon, toutes ses émotions la vidaient de ses forces et son ventre se contractait douloureusement.

Elle haïssait cet état d'impuissance et d'ignorance. Accablée, elle finit par s'endormir d'un sommeil agité - mi-consciente, mi-éveillée. Elle se retournait sans cesse, pour échapper aux ombres immenses qui tentaient de les attraper, Isaac et elle, de leurs mains immenses et crochues.

Son sommeil léger vola en éclats, avec le déclic de la serrure.

— Debout 10934, commanda une voix monocorde, dépourvue d'humanité.

Le visage buriné du garde au teint noir, ne trahissait aucune émotion. *Encore un pion sur l'échiquier…*

Elle ne vit pas de marque sur son épaule, mais elle ne s'y trompait pas, avec ou sans numéro, ils demeuraient tous des esclaves à des échelles différentes ; tous sous la coupe du même bourreau.

— Que se passe-t-il ? Où allons-nous ?

— Le Roi vous a préparé une surprise.

Une surprise du roi Guil… Elle n'était pas croyante, mais elle pria silencieusement Dieu, ou toutes puissances supérieures, de lui venir en aide.

Ils sortirent du château dans une nuit noire, sans étoiles, évoluant dans la chaleur moite persistante. Annaëlle, les mains attachées derrière le dos, suivait les pas du garde qui la poussait devant lui. Ils se frayaient un passage dans la masse compacte de corps, s'entassant dans la rue.

La fameuse foire… se rappela-t-elle nauséeuse. Elle ne pouvait se départir de la sensation glaçante, d'être conduite tout droit au peloton d'exécution…

Ils arrivèrent sur la grande place d'Arka, au pied d'une estrade. Le roi Guil s'exclama, en la dévisageant méchamment :

– Voilà notre invitée d'honneur ! Viens mon petit oiseau, n'aie pas peur…

Le garde la hissa en haut de l'estrade et la fit asseoir sur un fauteuil confortable, tout près du Roi. Le peuple les fixait, de ses centaines d'yeux impatients. *Que lui réservait-il encore ? Pourquoi installer une esclave à ses côtés, devant tous ces gens ?*

À la droite du Roi, se trouvait une jeune femme blonde, au teint pâle. Elle la scrutait de son regard délavé. Il régnait quelque chose d'inquiétant, de malsain, sur son visage blafard. Annaëlle ne la connaissait pas, mais d'instinct, elle sentit qu'elle devait se méfier d'elle.

Derrière le Roi, se tenait un homme d'allure étrange, aussi immobile qu'une statue de pierre ; même assis, sa taille massive ne passait pas inaperçue. Ses yeux perçants oscillaient entre le vert et le gris. Imperturbable, il scrutait un point au loin, sans ciller. Sous son nez aquilin, une barbe d'un blond cendré, mangeait son visage anguleux et son front était orné d'un tatouage en forme de « S ». Ses cheveux blonds, coupés à ras de son crâne, trahissaient de multiples cicatrices.

Regardant devant elle, Annaëlle avisa le bûcher qui trônait au milieu de la place, telle une dame de paille inflexible, avide de mordre la chair de sa victime.

Alors elle entendit un cri de douleur qui la déchira. Un homme venait de planter une lance, dans les côtes d'un prisonnier.

Elle connaissait cette voix. C'était la voix qu'elle aimait le plus au monde. Détachant les yeux du bûcher, son regard tomba sur la cage métallique, où se trouvait emprisonné… Isaac. Ses vêtements imbibés de sang, partaient en lambeaux, des bleus et des plaies à vif recouvraient son corps et son visage boursouflé, le rendant méconnaissable.

Instinctivement Annaëlle se leva, se précipitant vers lui : une force plus grande qu'elle, la poussait dans sa direction. Vers cette lumière qui ne pouvait s'éteindre. Vers cet homme qu'elle aimait de tout son être, c'était un besoin viscéral. Les mains toujours attachées dans le dos, elle dut se rattraper à plusieurs reprises pour ne pas perdre l'équilibre et tomber. Mais elle ne voyait plus rien, n'entendait plus rien ; il fallait qu'elle se rapproche de lui à tout prix… qu'elle le touche.

Le garde la suivait de près.

Il ne lui restait plus que quelques mètres à parcourir, quand des mains de fer l'immobilisèrent. La jeune femme rua, se débattant comme un cheval enragé, fixant Isaac de sa vision embrumée par des larmes de rage.

Le roi Guil rappela le garde, comme un chien mal élevé :

– Laisse voyons… Comme c'est touchant ! On dirait que le petit oiseau s'est brisé les ailes, en se croyant plus fort qu'il ne l'est.

Sa bouche s'étira en un rictus de démence et la foule transie, mêla son rire au sien.

Le garde lâcha Annaëlle et elle se propulsa en avant.

Collant son front contre celui d'Isaac, entre les barreaux, elle sanglota :

– Isaac mon amour que t'ont-ils fait…

– Annaëlle… Écoute-moi, siffla-t-il. Il peinait à respirer. Il devait avoir les côtes cassées.

– Promets-moi de te battre pour… survivre.

– Non Isaac je…

– Promets-le moi !

Elle acquiesça douloureusement et l'embrassa avec l'avidité du désespoir, goûtant le sang de sa lèvre fendue.

– ASSEZ ! ordonna le roi Guil, un sourire carnassier aux lèvres. Trêve de pleurnicherie pour ce soir. Place au spectacle !

– Je t'aime Annaëlle… Tu es la femme la plus forte qu'il m'ait été donné de connaître !

– Je t'aime… Le garde la tirait en arrière.

La fixant de ses yeux aux couleurs de l'océan, il la supplia d'une voix sourde :

– Ne regarde pas.

Elle savait ce qui allait suivre.

Non ce n'était pas possible... IL ne pouvait pas faire ça ! IL ne pouvait pas LE brûler !

– NONNNNNN ! hurla-t-elle à fendre le ciel de sa rage, tandis que le garde l'attachait à son siège.

Les gardes ouvrirent la cage. L'espace d'un instant Isaac devint flou, son image tremblait.

*Il va se changer en canar*i ! souhaita-t-elle de toutes ses forces. Mais rien ne se produisit et son image redevint nette.

Ils attachèrent Isaac au bûcher.

Le Roi se leva et scella le sort funeste du condamné, en dressant ses bras vers les cieux :

– Voyez, peuple d'Égavar, ce qui arrive aux traîtres à la couronne !

Alors, quatre gardes s'avancèrent avec des torches.

Le bûcher embrasa la nuit. Les flammes léchaient la paille avec avidité. Quand les langues de feu arrivèrent aux pieds d'Isaac, il commença à hurler. Son hurlement animal, méconnaissable, déchira la nuit, ensevelissant Annaëlle sous le poids d'une souffrance lancinante. C'était un cri de souffrance à l'état brut, une douleur terrible, inhumaine.

La dernière chose qu'elle vit, avant de s'évanouir, fut le reflet des flammes dans la surface miroitante des yeux d'Isaac.

- LÉONIE -

Léonie se trouvait avec Morgan, en retrait de la foule postée devant le bûcher. La douleur d'Annaëlle et d'Isaac était palpable, insoutenable. Morgan bouillonnait de rage :

– Regarde les tous ! Regarde, comme ils sont heureux de voir ça !

En effet le peuple exultait, à la fois possédé et transcendé, dans l'attente du spectacle d'horreur à venir. Si Léonie doutait encore de la folie du Roi Guil, cette nuit sanguinaire venait à bout aisément de ses réserves. *Oui, définitivement, le Roi avait perdu toute raison, ne restait plus qu'une bête assoiffée de cruautés... Et que dire du peuple qui s'en rassasiait tout autant ? Il attendait de se jeter sur les restes du défunt, comme un troupeau de charognes affamées ! Leur cerveau avait-il fondu avec les radiations ?* pensa-t-elle, avec une ironie douloureuse.

Morgan saisit le fourreau de l'épée flambant neuve, offerte par Léonie :

– Je vais effacer le sourire de son visage ! explosa Morgan en avançant dans la foule, en direction de l'estrade, en distribuant des coups de coudes sur son passage.

Léonie le rattrapa in extrémis :

– Morgan ça suffit ! Que crois-tu pouvoir faire seul contre tous ses gardes ? Tu seras bien plus utile vivant !

Les gardes s'apprêtaient à mettre le feu à la paille.

Fermement, elle posa la main sur l'épaule de Morgan :

– Allons-nous en maintenant !

Les flammes léchaient les jambes d'Isaac et ses hurlements déchirants leur glacèrent le sang. Léonie détourna les yeux. Morgan vit Annaëlle s'effondrer, inconsciente sur sa chaise.

– Ça suffit Morgan, je ne veux pas voir ça ! Partons !

Contrits, les épaules basses et la rage au cœur, ils s'éloignèrent de cet enfer, telles deux âmes en peine.

L'homme massif, qui se tenait derrière le Roi sur l'estrade, se pencha pour susurrer à l'oreille de son Maître :

– C'est elle mon ami, je la vois. La femme du traître Julius, elle est avec un garçon...

Tout d'abord, Guil eut un mouvement de recul. *Qui osait le déranger ainsi, en plein divertissement ?* Puis, son visage s'éclaira :

– Cesse de m'appeler mon ami, ou tu pourrais bien être le prochain sur ce bûcher ! menaça-t-il avec aigreur.

Un sourire rusé étira les lèvres d'Aaron.

— Vieille habitude, je ne voulais pas vous manquer de respect mon Roi...

— Suffit. Que fais-tu encore là ? Ramène-les-moi !

L'homme s'inclina légèrement devant son Roi, l'œil sournois.

— Vos désirs sont des ordres votre Excellence.

Il descendit agilement derrière l'estrade, disparaissant dans l'obscurité, puis réapparut sous la forme d'un cobra. Se faufilant dans la pénombre, luisant dans l'éclairage mouvant du brasier, il ondulait vivement sur le sol. La chasse était ouverte.

Léonie et Morgan trouvèrent la taverne du *« Lion Rugissant »*, vidée de ses habitués. Léonie secoua la tête, *personne n'aurait manqué une crémation vivante, même pour le meilleur vin du royaume !* N'ayant rien avalé de la journée, Morgan héla l'aubergiste avec impatience. L'estomac noué, Léonie se demandait si elle parviendrait à manger quelque chose. Elle savait maintenant que Morgan fonctionnait différemment, plus il s'inquiétait et plus il engouffrait la nourriture. Il commanda à souper et fit ajouter un pichet de vin.

— Gabrielle, deux plats du jour et un pichet de vin pour m'sieurs dames ! Et du nerf ma p'tite ! ronchonna la patronne.

L'embarras du choix s'offrait à eux dans la salle désertée. Ils choisirent une table près de l'entrée et s'y installèrent. Il régnait une ambiance lugubre, le lieu habituellement si bruyant, manquait désespérément d'animation. Amusée, Léonie, vit le visage de son jeune compagnon virer au cramoisi, lorsque la jolie servante blonde leur servit leurs plats.

– *Bonsoir les amis.*

La voix n'était pas humaine. Léonie et Morgan échangèrent un regard perplexe. *À qui appartenait cette voix à la fois inquiétante et enivrante ?*

– *Vous ratez un bien beau spectacle... Si je ne vous connaissais pas, je dirais que vous vous terrez comme des rats...*

Léonie fut la première à voir le cobra qui ondulait sur le sol, à quelques mètres de leur table. Elle sauta vivement de sa chaise, attrapa le bras de Morgan et lui montra le serpent :

– Morgan c'est lui qui parle !

Alors, le regard de Léonie entra en contact avec les deux fentes qui servaient d'yeux au reptile.

Tout son corps se relâcha instantanément, elle était bien, cela faisait si longtemps qu'elle ne s'était pas sentie aussi bien. Elle avait la sensation de flotter au-dessus de son corps.

– *Tu aimes les rats Léonie ? Il y en aura plein dans ta cellule, je te le promets...*

Incrédule, Morgan observa Léonie acquiescer, la bouche ouverte, les yeux brillants d'excitation, comme si le serpent lui promettait la plus belle merveille du monde. Il la secoua vivement :

– Léonie ! Qu'est-ce qui t'arrive bon sang ?

– Morgan, mon ami... Oui comme ça, tu vois tu te sens déjà mieux.

Le cobra ne regardait plus Léonie, son attention se portait exclusivement sur Morgan à présent.

Elle se sentait revenir peu à peu à elle. Elle eut vaguement conscience d'un mouvement derrière le bar.

Le serpent persifla :

– Hum...c'est ennuyeux, Léonie n'est plus à la fête... Morgan, mon ami, le mieux serait que tu te frappes au visage. Oui, MAINTENANT !

Telle une marionnette obéissante, Morgan s'assena un coup de poing en plein visage, se cassant le nez au passage. Sa tête heurta la table et il s'étala de tout son long, un sourire béat figé sur les lèvres.

Léonie revient à elle, sous le choc et désorientée, elle contemplait Morgan sans comprendre.

Le cobra tourna son regard vers elle :

– Léonie, oui regarde-moi... C'est très bien ! Tu vas porter ton compagnon et nous allons y aller à présent. Si tu es sage, peut-être même te raconterai-je, ma rencontre avec ton traître de mari.

En extase, elle dévisageait le reptile avec des yeux étincelants d'excitation.

– Suis-moi ! Le Roi a hâte de te revoir Léonie ! ordonna le serpent.

Elle se leva et entreprit avec difficulté de hisser le poids mort de Morgan sur ses frêles épaules.

Avant qu'elle n'y parvienne, le sol se fissura.

Animées d'une vie propre, des ronces de plusieurs mètres de haut, sortirent de terre.

Elles glissèrent sur le sol, s'enroulèrent violemment autour du serpent, l'entravant et piquant sa chair mouvante de leurs épines. Aveugle et muet, le reptile n'avait plus de prise sur ses proies.

Petit à petit, Léonie revint à elle.

Au milieu de la végétation sauvage qui rendait la taverne méconnaissable, Gabrielle tremblait de tout son corps.

— Sorcière ! brailla l'aubergiste, l'index accusateur pointé vers la servante. J't'avais prévenue qu'si tu recommençais tes diableries, c'était fini ! FINI !

Gabrielle se jeta aux pieds de sa patronne :

— Mère ! Mère pardonnez-moi ! Vous avez bien vu, c'est l'serpent qui...

— DEHORS ! DEGAGEZ TOUS !

— Mais...

— J'AI DIT DEHORS ! ET NE REVIENS JAMAIS ! J'AI JAMAIS EU D'FILLE ! hurla-t-elle, à s'en décrocher les poumons.

Morgan se redressa sur ses jambes, hagard, la vision troublée par le sang sur son visage. Léonie attrapa sa main, ainsi que celle de la jeune fille et les attira tous deux vers la sortie. Éteinte, Gabrielle se laissa guider sans opposer de résistance.

En franchissant la porte, ils entendirent encore Astrid menacer :

– ET QU'J'VOUS R'VOIS PAS PAR ICI, OU ÇA VA CHAUFFER ! J'APPELLERAI LA GARDE !

Une fois dehors, les mots du serpent refirent surface dans l'esprit confus de Léonie, comme si on lui déversait un seau d'eau glacée sur le crâne : « *peut-être même te raconterai-je ma rencontre avec ton traître de mari... Le Roi a hâte de te revoir...* »

Julius qu'as-tu fait pour l'amour du ciel ? se désola-t-elle. S'il était un traître, elle aussi serait considérée comme telle. Si le serpent disait vrai, il agissait sur ordre du Roi...

Elle aida Morgan à monter sur son cheval et grimpa sur le sien. Elle haussa les sourcils lorsque Gabrielle imita le mouvement, la rejoignant sur sa monture et s'accrocha derrière son dos. Léonie en eut le cœur serré, la jeune fille lui faisait penser à un petit animal blessé, dont le propriétaire ne voulait plus.

Ils devaient fuir, avant que d'autres sbires du Roi ne se mettent sur leur trace. Elle savait qu'il ne s'arrêterait pas là, surtout s'il la recherchait pour félonie... Alors, ce serait le bûcher ou la guillotine puisqu'on ne pouvait pas l'accuser de sorcellerie… Elle songea à Annaëlle avec culpabilité, puis se raisonna : *ils ne pouvaient plus rien pour elle. Leur seule chance de lui venir en aide, serait de revenir avec du renfort... Et puis, Annaëlle attendait l'enfant du Roi. Ce dernier ne viendrait pas au monde avant plusieurs mois. Il ne lui ferait rien… Jusque-là du moins,* espérait-elle. Elle eut beau retourner la situation en long et en large, aucun autre choix ne lui venait à l'esprit. Elle consulta Morgan du regard et comprit qu'il en était arrivé à la même conclusion douloureuse.

Ils iraient à Richebourg et se feraient oublier jusqu'à l'arrivée du bateau pour Isidore. Là-bas, elle espérait qu'ils seraient en sécurité, mais surtout qu'Adamo et Falco pourraient lui donner des nouvelles de son mari.

Mon Dieu, faites que Julius soit encore en vie.

Telles des ombres fantomatiques, ils quittèrent la ville sans se retourner.

- LE ROI GUIL -

Le roi Guil gifla Annaëlle avec force. Sonnée, elle revint à elle, mais ne fit pas le moindre geste.

– J'espère que cette chambre te plaît, petit oiseau ! Tu n'en sortiras pas avant les cinq prochains mois. Pas une seule fois. Me suis-je bien fait comprendre ?

Annaëlle ne cilla pas, elle resta parfaitement immobile, les yeux vides, inanimée.

Il poursuivit :

– Profites-en bien… Quand tu auras mis bas de mon bâtard, tu ne me seras plus d'aucune utilité !

Il claqua la porte derrière lui, si fort, qu'elle manqua de sortir de ses gonds.

Guil tourna les talons et descendit pour se rendre au souterrain. *Aaron doit m'attendre avec un joli présent...*

Il se délectait de sa vengeance. Jamais sa soif inépuisable de vengeance ne se tarirait, cela demeurait une certitude pour lui. Il ne vivait que pour elle : pour se complaire dans sa cruauté et sa noirceur. Tout son être réclamait vengeance.

Vengeance contre ses parents qui l'abandonnèrent lâchement dans la rue, avant même qu'il ne sache marcher. Vengeance pour l'enfance de misère et d'humiliation qui en résulta. Vengeance pour ces années à se cacher dans la peau d'un autre. Vengeance pour la chair de son sang qu'on lui enleva. Vengeance envers la garce qui tenta de s'enfuir avec un autre, alors qu'elle portait son bâtard…

Inexorablement, il savait que les femmes étaient toutes des catins, ce qui attisait sa haine. Il songea à sa propre mère. Il ne lui avait guère fallu de temps, avec sa faculté, pour la retrouver, elle et son misérable géniteur. *Une putain nauséabonde voilà ce qu'elle était, comme toutes les autres !* C'est l'espèce entière qui se trouvait gangrénée. Et pourtant… L'espace d'un instant, il lui avait semblé qu'avec son petit oiseau, cela aurait été différent.

Sa misérable mère fauta lâchement lors de sa conception, puisqu'elle et son mari, étaient des êtres dépourvus de toutes capacités. Son héritage génétique, il le devait à un autre. Alors, il les avait retrouvés, elle et son géniteur, pour savourer sa vengeance en regardant la vie quitter leur visage désœuvré.

Mais après tout, si sa mère s'était conduite en épouse convenable, lui-même aurait été un être des plus lamentables. Or, il se félicitait d'être de race supérieure, d'être l'évolution !

Bientôt, très bientôt il toucherait au but. En attendant il comptait bien passer ses nerfs sur la femme du traître… Le doux parfum de la vengeance. Et dire qu'elle était venue le narguer, en prétendant ignorer où se trouvait son traître de mari ! Il pressa le pas, bien décidé à faire d'elle un exemple et à éclater cette rébellion dans l'œuf.

Quand il entra dans le souterrain, en goûtant le plaisir de se mouvoir avec sa véritable apparence, il régnait un silence religieux. Trop silencieux pour être de bon augure.

Il avisa Aaron et remarqua les plaies suintantes qui recouvraient son corps. Sans préambule, il attaqua :

– Ne me dis pas que tu as échoué à me ramener une vieille femme ?

Privé de sa belle assurance, Aaron, le fixa de son regard vitreux :

– C'est cette femme mon Roi, elle s'est interposée avec ses foutues ronces…

– Léonie ? Quoi des ronces ? aboya le Roi.

Le corps secoué de tremblements incontrôlables, Aaron marmonna :

– Non mon Roi… une autre, une servante de la taverne d'Astrid. Elle a fait sortir des ronces du sol…

Un don intéressant, songea Hector.

– Où sont-ils ? Et cesse de geindre comme un enfant !

Aaron claquait des dents à présent, tremblant de plus en plus.

– Partis… souffla-t-il entre deux claquements, quitté la ville…

Hector se tourna vers les autres, qui se tenaient alignés, bien droits, face à lui. Il aimait cette obéissance docile. Excédé, il demanda :

– Que lui arrive-t-il bon sang ?

Misty s'avança :

– Mon Maître, je crois qu'il fait une réaction à du poison.

Encore plus intéressant…

– Liam, emmène-le chez Ibisorg, qu'il me le remette sur pied au plus vite.

Il se tourna vers Misty, Alastor et Ménélas :

– Ramenez-les-moi tous, la femme du traître, le garçon et aussi la servante. JE LES VEUX VIVANTS. Ne me décevez pas ! menaça-t-il d'une voix dure.

Ils décampèrent au pas de course.

Lorsqu'ils arrivèrent hors de vue du château, Ménélas prit sa forme d'aigle immense et se pencha pour accueillir ses compagnons au creux de son dos.

- MORGAN -

Souffrant du froid sur des bêtes qui faiblissaient, Léonie, Gabrielle et Morgan, chevauchèrent toute la nuit et la moitié de la journée qui suivit. Au fil de la distance qu'ils mirent entre eux et Arka, la température changeait graduellement, à présent ils grelottaient dans leurs vêtements légers. N'ayant rien emporté dans leur fuite, ils trouvèrent néanmoins, deux couvertures légères, dans les sacoches des chevaux. Morgan céda la sienne à Gabrielle qui tremblait de froid. En désespoir de cause, les deux femmes s'empressèrent de les accrocher sur leurs épaules, mais elles ne leur apportaient que très peu de chaleur.

Transi, Morgan regrettait que Gabrielle voyage sur le cheval de Léonie, son contact l'aurait réchauffé. Rougissant, il chassa cette pensée gênante de son esprit.

Traversant une forêt de pins gigantesques, ils décidèrent que ce rempart végétal leur assurerait une protection suffisante contre leurs ennemis : à l'heure qu'il était, les hommes du Roi devaient déjà être à leur recherche.

Ils mirent pied à terre et attachèrent solidement leur monture à des troncs d'arbres.

Craignant d'être repérés, ils se firent violence et réfrénèrent leur envie d'allumer un feu à la chaleur salvatrice. Assise le dos contre un arbre, pâle comme la mort, Gabrielle fixait ses chaussures. Morgan se racla la gorge :

– Merci Gabrielle, vraiment. Sans toi on ne s'en serait pas sorti, tu nous as sauvé la vie.

Un silence gêné s'ensuivit, Morgan continua en tentant l'humour :

– Il s'en est fallu de peu pour que l'on se retrouve dans une cellule pleine de rats... Et le pire dans tout ça, c'est qu'on aurait aimé ça !

Tentative vaine, Gabrielle leva des yeux pleins de larmes de colère vers lui.

– Elle m'a chassée, elle attendait qu'ça que je recommence. Un instant de faiblesse pour pouvoir me foutre dehors !

Léonie lui pressa doucement la main avec compassion.

– Elle ne sait pas ce qu'elle perd Gabrielle, c'est un don magnifique que tu as là et tu as décidé de t'en servir pour nous venir en aide. Elle devrait être fière de toi, fière que tu l'utilises à bon escient !

Gabrielle s'essuya les yeux :

– Pour elle, c'est comme si j'avais une maladie incurable. Comme si j'étais la preuve de ses pires péchés !

– Certaines personnes n'acceptent que ce qu'elles peuvent comprendre et ça tu vois, ça les dépasse...

Un instant de silence passa et Léonie s'enquit d'une voix maternelle.

– Que penses-tu faire maintenant ? Tu as de la famille qui pourrait t'accueillir ?

– Non ils sont tous morts... Mon père était un « sorcier », quand ça s'est su, ils l'ont brûlé et ses sœurs aussi.

– Viens avec nous ! intervient vivement Morgan. À Richebourg, nous prendrons un bateau pour Isidore. Le mari de Léonie a disparu... À ses mots, Gabrielle eut un mouvement de recul. Non rassure-toi ! Ce n'est pas un traître...

Léonie l'interrompit :

– Nous ignorons si c'est un traître Morgan. S'il y a bien une chose dont je suis sûre concernant mon mari, c'est son sens de l'honneur... Mais le roi Guil a perdu toute raison. Il s'est peut-être tourné vers une allégeance plus juste.

Morgan acquiesça. *C'était vrai, le vieil homme était fondamentalement juste. Quoique cela lui coûte, il se tournait toujours du côté de la justice.*

– Nous avons une piste à Isidore, reprit Morgan, des personnes que Julius a connues, il y a quelques années et qui pourraient savoir où il est. Ça te laisserait du temps pour réfléchir à ce que tu veux faire...

Gabrielle acquiesça en haussant les épaules. Elle n'avait nulle part où aller de toute façon.

– Ensuite nous reviendrons à Arka… Une amie est détenue par le Roi. Il faut qu'on la sorte de là au plus vite !

Le visage de Morgan se teinta d'angoisse latente. L'idée d'être parti en laissant Annaëlle aux mains du bourreau d'Isaac, lui était insupportable.

Léonie lui posa une main apaisante sur l'épaule :

– Il ne lui fera rien Morgan… Pas tant que l'enfant ne sera pas né.

Morgan serra les poings.

– J'espère tellement que ce soit vrai…

Un silence pesant s'installa, Léonie le rompit en demandant à Gabrielle :

– Tu penses pouvoir nous trouver des couvertures ? Elle lui fit un clin d'œil complice.

Gabrielle la regarda perplexe, puis elle comprit et un pâle sourire se dessina sur ses lèvres. Il y eut un craquement et d'immenses plantes aux grandes feuilles poussèrent tout autour d'eux.

La jeune femme se leva, les arracha et les distribua à ses nouveaux compagnons, en rendant son clin d'œil à Léonie :

– Ne vous inquiétez pas, cette fois ça ne pique pas !

Tel un peuple de la forêt, serrés les uns contre les autres sous leurs couvertures végétales, Léonie et Gabrielle s'allongèrent confortablement, tandis que Morgan prenait le premier tour de garde.

Vidée de ses forces, Gabrielle sombra aussitôt dans un sommeil sans rêve, lourd et profond.

Léonie ne parvenait pas à s'endormir, elle pensait à Julius en regardant les étoiles et la lune qui perçaient le couvert des arbres. *Où se trouvait-il à cet instant précis ? Dormait-il au chaud et en sécurité ? Était-il seulement en vie ?*

Elle se retourna.

Le visage grave, Morgan semblait perdu dans ses pensées. Il jouait avec des morceaux de bois sans prêter attention à ce qu'il faisait.

Léonie se leva, en prenant soin de ne pas réveiller Gabrielle et s'approcha de lui :

– Tu vas bien Morgan ? Tu as l'air soucieux ?

– Je m'inquiète pour Annaëlle…

Léonie prit place à ses côtés :

– Je suis tellement désolée que nous ayons dû partir sans elle…

Il réfléchit un instant.

– Et puis… reprit-il, j'essaye de comprendre…

Il s'interrompit et sous le regard interrogateur de Léonie, lâcha de but en blanc :

– Vous n'avez pas de « don », vous Léonie ?

Elle se mit à rire de bon cœur en recouvrant sa bouche de sa main, pour ne pas déranger Gabrielle :

– Non Morgan, je n'ai pas de « don » pas au sens où tu l'entends en tout cas. Je n'ai pas cette chance… si on peut parler de chance, et j'avoue que je n'en suis pas bien sûre.

– Mais alors… pourquoi certains d'entre vous en ont et d'autres non ? D'où viennent-ils ?

Léonie réfléchit un instant et répondit en le regardant avec intensité :

— Je vais te donner mon opinion sur tout ça, mais ce ne sont que mes propres conclusions, je te laisse te faire ton propre avis sur la question…

Ses yeux se firent lointains, elle revoyait des images du passé :

— Nous en avons souvent parlé avec Julius au fil de ces dernières années. À vrai dire, il n'existe aucune preuve à ma connaissance, de la conclusion à laquelle nous avons abouti. Depuis que la Terre a été ravagée, Julius et moi avons assisté à bien des malheurs et à énormément de choses que nous n'aurions jamais cru possibles jusque-là. Au fil du temps, nous avons vu des nourrissons malformés, des enfants dotés de capacités hors normes… Et puis il y a les irradiés bien sûr - ces créatures qui vous ont attaqués sur le bateau qui vous amenait à Richebourg - Dieu merci, je n'ai jamais eu l'occasion de les voir de mes propres yeux, mais j'ai entendu des témoignages atroces… le tien le dernier. Ce n'est pas pour rien que nous les appelons : les irradiés, Morgan. Cela ne sert à rien de se voiler la face, le 6 juin 2047 a marqué la fin de notre monde mais aussi de notre espèce telle que nous la connaissions. Nous avons tous été exposés aux radiations à des degrés différents et nos gènes ont été altérés. Certains sont tombés malades et sont morts, d'autres ont développé des capacités exceptionnelles sans déformations physiques apparentes…

Léonie fit une pause pour reprendre son souffle.

– Je pense que l'être humain a muté Morgan. Certains semblent avoir été épargnés, Julius et moi par exemple, mais d'autres ont subi des changements prodigieux… effrayants…

Morgan resta silencieux, son cerveau assimilait difficilement les révélations de son amie. Devant son air tourmenté, elle lui pressa le bras avec affection :

– Allez va te reposer maintenant Morgan… Une longue route nous attend demain. Je vais prendre le prochain tour de garde, je sens que je n'arriverai pas à fermer l'œil cette nuit de toute façon…

Morgan obtempéra, il alla s'allonger près de Gabrielle, mais les mots de Léonie bourdonnèrent longtemps dans son esprit, le maintenant éveillé.

Le lendemain, ils reprirent la route dans la fraîcheur du petit matin, l'estomac criant famine.

La brume compacte présageait d'une belle journée ensoleillée. Aux dires de Léonie, Richebourg se trouvait à une demi-journée de là.

Une fois sur place, ils pourraient enfin prendre un bon repas. Ensuite, ils devraient trouver un lieu discret, où attendre l'arrivée du navire. Le navire tant espéré, qui voguerait vers Isidore, vers les réponses concernant Julius que Léonie avait désespérément besoin d'entendre.

- MISTY -

Les gardes rapportèrent à Misty, Alastor et Ménélas avoir vu partir, en pleine nuit, deux chevaux ; l'un monté par un homme et l'autre par deux silhouettes de femmes. Ils se dirigeaient vers le nord. Les renseignements étaient clairs et précis à vomir. *Ces vermines de gardes ont fait du bon travail, pour une fois. C'était bien sa veine,* pensa Misty avec frustration. *S'ils s'étaient endormis à leur poste, faillant ainsi à leur devoir, elle aurait eu une excuse pour les changer en statue de pierre...* Elle se délectait de cette image dans son esprit. *Le Roi n'y aurait rien trouvé à redire...*

Elle haïssait ces hommes misérables qui obéissaient sans rechigner, quand on leur ordonnait d'arracher des enfants surdoués à leurs parents, pour les brûler sur un bûcher ! Comme le disait si justement son Maître : ils représentaient l'avenir, eux, la race supérieure ! Les sous-êtres devaient les vénérer pour ce qu'ils étaient en réalité : des dieux, des dieux tout-puissants.

Bientôt, le sous-peuple s'agenouillerait devant eux. Alors, ils payeraient tous pour les crimes commis par leurs pères et toute une vie de servitude ne rachèterait jamais, l'impudence avec laquelle ils les avaient malmenés !

Elle cracha au sol avec colère, *quant à ces vermines de gardes, ils méritaient une sentence pire, oui bien pire….*

Misty faisait preuve d'une dévotion et d'une servitude totales à la cause de son Maître : vouant sa vie tout entière à la réussite de leurs desseins. Elle considérait ce dernier comme un père, bien que ce ne soit pas toujours facile, car il en voulait toujours plus d'elle. Il la poussait à se surpasser encore et toujours plus. Mais au fil des années, elle avait appris à aimer sa dureté et son inflexibilité. À tout prix, elle voulait le satisfaire, pour le rendre fier d'elle. Elle trouvait que c'était un juste retour des choses, car de bien des manières, il lui avait donné la vie ; sa véritable existence avait débuté à son service, après qu'il l'eut sauvée in extremis de l'immolation. À son contact, elle apprenait chaque jour un peu plus, à être fière d'elle-même et elle lui en serait à jamais reconnaissante.

Quels imbéciles ! Les traces de sabots se dessinaient nettes et précises dans le sol. La vision surdéveloppée d'aigle de Ménélas, leur permettait de voler à plusieurs mètres au-dessus du sol, à une vitesse vertigineuse, tout en suivant la piste. Le vent glacé les enserrait de toutes parts, Alastor se collait à elle de peur de perdre l'équilibre. Elle trouvait sa peur du vide risible, pour un grand costaud comme lui. Il semblait invincible, mais elle savait la réalité toute autre.

La compétition régnait en maître entre eux, depuis leur plus jeune âge, chacun voulant surpasser l'autre et gagner la faveur du Roi. Elle le détestait et plus encore depuis son rapatriement des terres sauvages de Soach, où il avait combattu les irradiés. Dès son retour, le Maître le nomma chef de la garde officielle, alors qu'elle en assurait jusque-là toutes les fonctions, sans en porter le nom. Elle savait pertinemment qu'*il* l'aurait choisie *elle,* si elle avait été un homme !

Le contact de la peau d'Alastor l'écœurait, plus vite ils seraient arrivés, mieux cela vaudrait… La tentation de faire un mouvement brusque la tenaillait, en quelques secondes il s'écraserait au sol…

Lorsqu'ils arrivèrent devant une forêt de pins gigantesques, l'aigle géant se posa au sol, afin de retrouver les traces cachées par la végétation. La marche fut longue et fatigante. Le jeune Ménélas impressionna ses compagnons par son endurance inépuisable.

Enfin, ils sortirent du couvert des arbres, l'aigle immense leur présenta son dos, Misty et Alastor s'y installèrent avec soulagement.

Ménélas s'éleva alors vers les cieux, fendant l'air à toute vitesse, en direction de Richebourg.

- ANNAËLLE -

Sa faute… Isaac était mort par sa faute. Les jours s'étiraient en semaines, tous identiques aux précédents. Annaëlle avait entendu la sentence du Roi, mais sans réellement l'écouter : « *…Quand tu auras mis bas de mon bâtard, tu ne me seras plus d'aucune utilité.* ».

Trop choquée par la mort d'Isaac, elle était là sans être là. Son corps était présent, mais son esprit divaguait bien au-dessus de tout cela, dans des relents de fumées noirâtres, à l'odeur de chairs calcinées. Dans un lieu immonde, où jamais ne cessaient les cris de souffrance inhumains de l'homme qu'elle avait aimé.

C'était fini, tout était fini.

Dans son état second, elle ne distinguait ni le jour ni la nuit, même la notion du temps n'existait plus que comme un souvenir étrange, des jours anciens où elle était encore elle-même, où vivre avait de l'importance.

Maintenant plus rien ne comptait.

Elle ne parvenait plus à penser. Ne s'alimentant plus, elle sombra jusqu'à oublier sa propre existence, anesthésiant ainsi sa souffrance.

Inlassablement elle passait ses journées, allongée sur le dos, à fixer le plafond.

Annaëlle s'éteignait, telle une bougie de cire que le feu s'empressait de consumer, incapable de briller, incapable de vivre par elle-même.

Elle qui avait tant aimé la vie par le passé, n'aspirait plus qu'à l'oubli éternel : la délivrance ultime.

Mourir, retrouver Isaac.

- MORGAN -

Un mois s'écoula à Richebourg, un mois de doute et de frustration. Chaque semaine, Léonie, Gabrielle et Morgan, se rendaient confiants au bord du quai, guettant l'arrivée de « *La veuve noire* », nom qui - en passant - donnait des sueurs froides à Léonie.

En cette fin d'année 2080, les saisons n'existaient plus et l'hiver s'installa si vite, qu'ils commencèrent à désespérer d'embarquer avant de longs mois. Au début, pour être le plus discret possible, ils dormaient dans des écuries, mais le froid de plus en plus mordant ne le leur permettait plus. Ils séjournaient maintenant dans des tavernes, en prenant soin de changer régulièrement d'hébergement, pour ne pas attirer l'attention sur eux. Bientôt, ils auraient fait le tour de toutes les auberges de la ville et cela deviendrait problématique. Malgré l'argent emporté par Léonie, pour pallier leurs besoins, leurs ressources se tarissaient et la situation devenait préoccupante.

Sur le quai de l'embarcadère de Richebourg, l'air marin ramena Morgan à ses souvenirs d'enfance, à l'époque où la terre n'avait pas explosé et où il ignorait encore, que l'on risquait de se retrouver projeté dans le futur en prenant le train.

Il repensait aux jours heureux, lorsqu'il jouait et courait sur la plage avec innocence, sous le doux regard de sa mère. Il aimait à penser, que si sa mère n'était pas décédée prématurément d'un cancer, elle serait devenue une vieille femme de caractère comme Léonie. Il se souvint en souriant, de son caractère déjà bien trempé à l'époque, même si ce qui dominait le plus chez elle, était sa joie de vivre à toute épreuve.

Il coula un regard lucide vers Gabrielle, en s'avouant que ce qu'il lui avait tout de suite plu chez elle, c'était cela, sa joie de vivre ; cela et bien sûr, cette longue crinière blonde et bouclée qui lui rappelait cette mère partie trop tôt.

Morgan contemplait l'horizon, toujours pas de navire en vue. *Sans doute, se trouvait-il échoué au fond de l'océan. Mieux valait que cela se produise, sans eux à son bord…* Il ne se souvenait que trop bien de sa dernière épopée sur la mer avec… Annaëlle. Cette pensée lui serra les entrailles.

Le jour déclinait et de gros flocons commencèrent à tomber, soulignant douloureusement le fait que leurs espoirs de traverser s'amenuisaient, chaque semaine davantage.

Il saisit la main de Léonie. Elle s'abîmait les yeux à scruter l'immensité des flots sans ciller.

– Léonie, je suis désolé… ça ne sera pas aujourd'hui. Mais la semaine prochaine sûrement.

Elle le regarda, de ses yeux vides et répondit sans conviction :

– Oui sans doute la semaine prochaine…

Plus loin, le long de la côte ils avaient remarqué une maison qui semblait abandonnée. Morgan suggéra, qu'ils aillent s'en assurer pour voir s'ils pouvaient s'y installer. L'embarcadère serait visible de là-bas et ils pourraient s'y établir sans attirer l'attention. Sur le trajet les y menant, Morgan eut l'impression d'être suivi. Il se retourna vainement à plusieurs reprises, pour ne voir que son ombre sur ses talons. Gabrielle, se moqua gentiment de lui. *Vivre caché, ce n'était pas fait pour lui… Voilà qu'il devenait paranoïaque à présent. Il était grand temps qu'ils embarquent sur ce fichu bateau !*

En arrivant sur place, ils furent ravis de trouver la maison inoccupée et la cheminée rustique en état de marche. Morgan avisa du bois, dans un coin de la pièce et alluma un feu. *Un peu de chance ne pouvait pas leur faire de mal…* L'arrière du cottage, donnait sur la mer, vue magnifique et apaisante, qui en devenait irréelle sous la neige. À l'avant, se trouvait une petite cour aux dalles de pierre usées par le temps, encombrée de mauvaises herbes. Au milieu de celle-ci, se tenait fièrement et en relativement bon état, un vieux puits qui semblait s'enfoncer dans les profondeurs de la terre.

Soudain, Morgan entendit un cri aigu venant de l'avant de la maison.

Léonie était dehors.

Il lâcha les planches de bois qu'il tenait et se précipita à l'extérieur, Gabrielle dans son sillage.

Près du puits, une femme rousse à la longue silhouette longiligne, tenait fermement Léonie, pressant contre sa gorge un couteau affûté qui laissait déjà une trace rouge sur sa peau délicate. Elle portait un chapeau, avec un voile de soie noir, qui dissimulait son regard. Elle ordonna :

– On lâche ses armes et on s'approche bien gentiment et tout se passera bien. STOP ! Pas toi, elle s'adressait à Gabrielle, toi tu ne fais pas un geste. Alastor, tu t'en occupes !

– C'est pas à toi d'me dire ce que j'dois faire j'te rappelle !

Misty leva les yeux au ciel avec humeur.

– Tu crois vraiment que c'est le moment de parler de cela, imbécile ?

En effet, cela ne l'était pas : le sol explosa.

Gabrielle maîtrisait son don avec une aisance remarquable. Vision invraisemblable, des cactus sortaient de terre au beau milieu de la neige, rompant les dalles de pierre.

Au même instant, Alastor posa le pied sur une fissure d'où jaillissait un cactus. Il fut projeté dans les airs et finit sa course à l'intérieur du puits. On entendit son corps heurter lourdement le fond asséché.

Les plantes épineuses continuaient de s'élever.

Elles finirent par se stabiliser à une hauteur vertigineuse, qui avoisinait les cinq mètres de haut, surplombant la maison.

Ménélas se métamorphosa en aigle, mais un cactus tendit l'un de ses bras colossaux recouverts de piques et le plaqua à terre, avant qu'il ne prenne son essor.

Léonie et Misty furent projetées au sol par le mouvement de terrain. Saisissant l'occasion, Léonie se libéra de son assaillante et rampa pour s'éloigner. Mais d'un geste vif, Misty lui planta son couteau dans la cheville.

Léonie hurla de douleur.

Gabrielle avisa la scène et ferma les yeux de toutes ses forces : les végétaux semblèrent inspirer profondément, desserrant leur emprise sur Ménélas.

Puis, ils se relâchèrent, projetant sur leurs ennemis une nuée d'épines qui toucha Misty et Ménélas de plein fouet, les envoyant valser dans un concert de hurlements pour rejoindre Alastor au fond du puits.

Il y eut un claquement désarticulé, puis le silence.

Morgan se précipita auprès de Léonie, il constata avec soulagement que la blessure n'était pas profonde. Il arracha un morceau de sa tunique et l'attacha soigneusement autour de la cheville de Léonie.

De son côté, Gabrielle, livide, s'approcha d'un pas mal assuré du puits, mais ne distingua rien dans l'obscurité. Morgan aida Léonie à se lever, elle étouffa un gémissant quand il la redressa en passant son bras autour de ses épaules. Il se tourna vers Gabrielle d'un air affectueux et amusé :

– Ne restons pas là ! Très bonne idée les cactus Gabrielle… quoiqu'un peu voyante peut-être… Tu ne fais jamais les choses à moitié pas vrai ?

Elle haussa les épaules :

– J'étais paniquée et c'est arrivé… J'ignorais qu'ce seraient des cactus géants !

– Merci en tout cas ! Partons vite avant d'être arrêtés pour sorcellerie...

Ils quittèrent le cottage, longeant la plage aussi vite que leur permettait la cheville blessée de Léonie.

Derrière eux, les monstres épineux répandaient d'immenses ombres inquiétantes sur leur sillage. Puis soudain, ils entendirent un cor sonner. Une masse obscure fendait les flots agités. *Était-ce enfin « La veuve noire » qui rentrait au port* ? Ils se précipitèrent en direction de l'embarcadère, aussi vite qu'ils le pouvaient.

Léonie ne ressentait plus l'élancement de sa blessure, elle rayonnait, les yeux brillants d'espoir.

- ANNAËLLE -

– Alors mauvaise fille, on fait des caprices ! Un sourire mauvais étira les lèvres de Judith. Ouvre la bouche, ou c'est moi qui l'ouvrirai.

Petit à petit, la conscience d'Annaëlle refaisait surface et ce qu'elle voyait ne lui plaisait pas le moins du monde. La maîtresse du Roi prenait un malin plaisir, à lui rendre visite de plus en plus fréquemment. Le Souverain s'inquiétait pour la santé de l'enfant, puisqu'Annaëlle renvoyait les plateaux de nourriture, sans y toucher.

Alors, il missionna sa maîtresse, *cette folle sans-gêne*, pour « s'occuper du problème ». Néanmoins, Annaëlle devait bien s'avouer que c'était un mal pour un bien, car depuis que Judith lui rendait visite et surtout après l'épisode du bain - cette dernière l'avait forcée à entrer dans la baignoire et avait entrepris de la laver elle-même - sa conscience s'était révoltée et refaisait peu à peu surface. Elle était loin, très loin d'avoir fait son deuil de la mort atroce d'Isaac, mais la rage qu'elle nourrissait pour Judith et pour Guil ramenait un semblant de vie en elle. Elle renouait progressivement avec celle qu'elle avait été, avant d'être anéantie par la mort d'Isaac, avant qu'elle ne se cloître dans les méandres de son esprit torturé.

– Je peux me nourrir seule ! se révolta rageusement Annaëlle, en saisissant son bol de soupe brûlant, pour le projeter de toutes ses forces au visage de Judith.

Cette dernière hurla à pleins poumons, en proie à une crise de furie. Annaëlle et tout le mobilier de la chambre, se mirent à léviter au-dessus du sol, sous le coup de la colère de Judith.

Il ne manquait plus que ça, songea Annaëlle, *cette folle furieuse peut faire bouger les objets sans les toucher…*

La maîtresse du Roi s'apprêtait à fracasser le tout, lorsque le roi Guil, qui ne devait pas être loin, entra en trombe dans la pièce.

Il jaugea la scène en fronçant les sourcils :

– Repose tout ça calmement Judith !

Entendant le Roi, la colère de Judith sembla se dissiper instantanément : Annaëlle et les meubles de la chambre se posèrent en douceur au sol.

La jeune femme se frotta les yeux pour mieux voir Guil malgré le liquide brûlant qui lui collait au visage.

Son sourire se figea net, devant l'expression de ce dernier, elle voulut s'expliquer :

– Mon Maître, elle m'a jeté sa…

– SUFFIT ! tonna-t-il. Quand cesseras-tu de te comporter comme une enfant gâtée ? Tu aurais pu blesser mon fils ! Sors d'ici immédiatement !

Comment pouvait-il être si sûr, qu'elle attendait un fils ? Et que ferait-il si c'était une fille ? songea Annaëlle.

Vexée, Judith manqua de s'étouffer. Sous prétexte de ramasser le bol au sol, elle souffla à l'oreille d'Annaëlle, d'un air sadique :

– Tu me le paieras toi et ton bâtard.

Elle quitta la pièce d'un pas vif, non sans avoir adressé un dernier regard, lourd de promesses à Annaëlle.

Les humeurs du roi Guil, étaient aussi instables qu'un volcan en éruption. Lorsque Judith eut disparu, le visage radicalement métamorphosé, il toisa Annaëlle méchamment, en secouant la tête :

– Le petit oiseau a besoin d'être discipliné. RETOURNE-TOI ! rugit-il en la plaquant contre le mur, tout en baissant ses bas de chausse et en relevant sa jupe avec hargne.

Il s'escrima violemment en elle.

Annaëlle serrait les dents à s'en engourdir la mâchoire, la rage au cœur, pleinement consciente de l'horreur de son existence, un seul but la maintenait en vie à présent : sauver son enfant de la domination de cette bête sanguinaire et de son illuminée de maîtresse…

- ALASTOR -

L'enfer, Alastor se trouvait en enfer. La mort lui semblait douce en comparaison. Lieu de tourments perpétuels, où jamais la douleur ne cessait. Son corps entier s'était rompu sous le choc, qui l'avait propulsé au fond du puits, dans la bouche béante des profondeurs de la terre. Seule la douleur existait, dans son délire fiévreux aucune autre pensée ne pouvait percer le voile de sa souffrance. Petit à petit, le mal qui le rongeait évolua et il eut la sensation que son corps entier s'embrasait. Lamentation éternelle, il était condamné à brûler à jamais dans les flammes de l'enfer sous l'œil sadique de Satan en personne…

Après une éternité, un miracle se produisit, la douleur commença à perdre de son intensité, tels les flots se retirant du rivage à marée basse. Puis soudain, elle disparut totalement.

Il ouvrit les yeux : il était vivant.

Des yeux l'observaient sous un voile noir ; Misty paraissait émue et presque heureuse de le voir, *était-il vraiment réveillé ?*

– Le retour de la belle au bois dormant ! s'exclama-t-elle.

Une faible lueur leur parvenait d'au-dessus de leur tête, ils se trouvaient au fond du puits, il n'avait pas rêvé. Son métabolisme surpuissant l'avait, une fois encore, sauvé d'une mort certaine.

Ménélas dormait recroquevillé sur lui-même, comme l'enfant apeuré qu'il était, sous sa carapace d'aigle géant.

Alastor se redressa pour s'asseoir lourdement sur le sol, le corps musclé et saillant, aussi rutilant que celui d'un nouveau-né. Il fronça les sourcils :

– Vous m'avez pas l'air blessé, vous ?

Misty désigna sa main :

– Un poignet cassé, rien de bien méchant. Tu as amorti notre chute, mon gros.

– Ça fait combien d'temps qu'on est bloqué ici ? questionna-t-il.

Une faim de loup lui tenaillait l'estomac.

– Quatre lunes. Si tu as une idée pour sortir de là, je serai ravie de l'entendre… Elle désigna Ménélas d'un signe de tête. Le gamin ne tiendra plus longtemps.

Il neigeait et il régnait un froid glacial.

Alastor renversa la tête et ouvrit la bouche pour avaler les flocons, qui se changeaient en eau, en tombant au fond du puits.

– L'aigle peut pas nous sortir de là ?

Elle secoua la tête, excédée :

– Qu'est-ce que tu crois ? On a essayé ! Le conduit est trop étroit pour qu'il se métamorphose…

Alastor reposa sa tête contre la pierre froide et humide de la paroi, regardant les gouttes tomber en cherchant une échappatoire. Alors, tout là-haut, il vit un chat noir sur le bord extérieur du puits, qui semblait le dévisager avec sournoiserie.

– Dégage de là, sale bête ! La poisse on connaît… grogna-t-il.

Soudain, le chat devint une petite fille aux longs cheveux bruns, qui ne devait pas avoir plus de dix ans. Assise sur le rebord en pierre, elle balançait ses pieds à l'intérieur du puits en ricanant :

– J'ai cru que vous aviez besoin d'aide, mais j'ai dû m'tromper. Vous n'existez même pas d'abord ! J'ai trop d'imagination…

Alastor et Misty sautèrent sur leurs pieds d'un même geste, leur mouvement brusque réveilla Ménélas qui gémit.

Misty prit sa voix la plus douce :

– Non, je t'assure nous sommes bien réels ma petite. Comment t'appelles-tu ?

– Anita.

– Enchantée Anita. C'est un bien joli prénom. Je suis Misty et voici Ménélas. Mon compagnon que tu vois là s'appelle Alastor. Elle jeta un regard noir à ce dernier. C'est un trouillard, il a peur des chats, mais moi je les aime beaucoup !

Anita fit la moue, mais ils ne pouvaient pas voir son visage à cette distance.

– Moi j'mangerai bien du chat… grommela faiblement le jeune Ménélas.

Misty lui assena un léger coup dans les côtes, en fronçant les sourcils avec sévérité. Anita ouvrit de grands yeux horrifiés :

– Qu'est c'qu'il a dit ?

– Il a dit qu'il avait faim... Tu comprends, nous sommes tombés ici par accident, il y a plusieurs jours déjà. Tu serais une gentille petite fille, si tu voulais bien aller chercher ta maman ou ton papa, pour qu'ils nous aident à sortir de là.

Anita haussa les épaules :

– J'en ai pas.

– D'accord, alors tu pourrais aller chercher des adultes dans la rue et leur dire où nous sommes ?

– J'en sais rien.

Misty se mordit la lèvre. Alastor voyait bien que cette dernière commençait à perdre patience, il prit le relais en improvisant maladroitement :

– Anita, il faut vraiment qu'tu nous aides, il désigna Ménélas, notre p'tit garçon est malade. Il lui faut un médecin.

Anita jouait avec ses pieds sans répondre. Il essaya une autre technique :

– Fais un effort ma p'tite ! Si on sort de là, on pourra t'donner des friandises. Tiens ! J'en ai justement dans la poche...

Elle s'immobilisa et se mit à rire :

– J'ai l'air si bête ? Y faudra bien plus que ça !

– Qu'est-ce que tu veux dire ? siffla Misty.

Anita enroula une mèche de cheveux entre ses doigts, en souriant :

– J'aime pas trop l'orphelinat où j'suis enfermée. Et en plus j'devrais même pas être là !

Misty ferma les yeux pour contenir son agacement et répéta :

– Qu'est-ce que tu veux ?

– Qu'vous m'emmeniez avec vous ! J'vous ai jamais vus, vous êtes pas d'ici et y faut qu'je parte n'importe où, mais loin d'ici ! Loin d'ces vieilles sorcières de bonnes sœurs !

Misty réfléchit un instant et consulta Alastor du regard. Il acquiesça discrètement, il serait bien temps de s'en débarrasser plus tard. Il fallait qu'ils sortent de là et la morveuse n'en démordrait pas.

– Bien sûr, nous allons t'aider Anita ! susurra Misty. On ne laissera pas notre sauveuse dans un orphelinat où elle est malheureuse.

Anita se tourna vers Alastor :

– Pour de vrai ?

– On t'le promet ma p'tite, assura-t-il de sa grosse voix.

Anita sauta du rebord, ses cheveux dansant dans son dos et disparut de leur champ de vision.

- ANNAËLLE -

Annaëlle était en sueur. La douleur lancinante lui arracha un cri aigu. Une brise revigorante lui parvenait de la fenêtre entrouverte. Dehors, le jour déclinait. Revêtu de son plus beau manteau de neige immaculée, le parc brillait de mille feux, sous le splendide coucher de soleil qui s'y reflétait à l'infini.

Non ! Pas déjà !

Elle caressa son ventre, avec une tendresse teintée d'inquiétude. D'après ses calculs, l'enfant ne devait pas arriver avant un peu plus d'un mois ! Bien que son ventre énorme le démentît. Lorsqu'on la voyait, on pouvait aisément croire qu'elle avait dépassé le terme… *Peut-être s'était-elle trompée ?* Tendu et douloureux, son ventre semblait prêt à éclater. C'était trop tôt, son plan commençait tout doucement à se mettre en place dans son esprit… Elle n'était pas prête !

Elle sentit la poche des eaux se rompre, inondant le lit.

Si… Cela commençait ! Plus possible de reculer maintenant.

Elle étouffa un cri.

Voyons les choses du bon côté… Le Roi et sa maîtresse avaient quitté le château depuis plusieurs semaines. En leur absence, une marge de manœuvre s'offrait à elle… Il ne lui restait plus qu'à espérer, que ce soit Éline qui vienne l'aider pendant le travail.

Durant ses dernières semaines, Annaëlle avait tissé des liens avec la femme de chambre, pas au point de faire d'elle une amie, mais Éline était la seule personne qui s'en approchait dans tout le château, puisque Mery avait été congédiée, pour se marier sur ordre du Roi.

Éline lui avait raconté avoir mis au monde un grand nombre d'enfants… Et celui-ci voulait naître. Annaëlle ne pouvait plus attendre, elle appela à l'aide.

Quelques instants plus tard, Tania entra en la dévisageant avec un air de reproche, visiblement elle avait bien mieux à faire ailleurs.

– Il arrive… grimaça Annaëlle. Éline…

Une lueur d'intérêt furtive passa dans les yeux de la matrone.

– J'vais chercher Ibisorg.

Sur ce, elle ressortit en vitesse. *Maudite soit-elle ! Ce sous-fifre du Roi ne lui serait d'aucun secours…*

Tania haussa les épaules en revenant avec Éline :

– Ibisorg est encore avec Aaron, le purulent, paraît qu'il est en train d'y passer… Moi c'que j'en dis, c'est qu'le Roi y va pas aimer ça !

Quelques minutes plus tard, Annaëlle était en plein travail. Éline accroupie à ses genoux, l'encourageait avec bienveillance.

En plein combat acharné pour donner la vie, Annaëlle se moquait bien des humeurs du Roi. Et puis, il fallait qu'elle fît sortir Tania de cette pièce. Elle lança un regard de détresse à la femme de chambre.

Éline comprit et chercha à faire diversion.

– Tania, ça se présente mal, il me faut Ibisorg !

La matrone grogna et sortit en jurant, aussi vite que son corps opulent le lui permettait.

– Pousse Annaëlle ! Encore une fois ! Tu y es presque, l'encouragea-t-elle.

Annaëlle poussa de toutes ses forces, malgré la souffrance déchirante, qui précédait la délivrance.

Éline recueillit enfin le nouveau-né dans ses bras, tandis qu'Annaëlle se lassait choir sur ses oreillers, vidée de toutes ses forces.

– C'est une fille ! s'extasia la femme de chambre.

Silence.

Annaëlle tenta de se redresser, malgré la souffrance. *Pourquoi sa fille ne pleurait-elle pas ? Bon sang, que se passait-il !*

Miracle de l'existence.

Le nourrisson cria, il respirait seul pour la toute première fois.

Alors, Éline lui mit sa toute petite fille dans les bras. *Septième Merveille du monde* !

Instantanément le cœur d'Annaëlle se gorgea d'amour, d'un amour incommensurable, tellement puissant, qu'elle sentait qu'elle aurait pu tuer pour protéger la chair de sa chair. *C'était donc ça, l'instinct maternel ?* Elle avait les mêmes cheveux et le même nez retroussé que sa mère. *Quelle délicieuse enfant...*

Décidée, Annaëlle tenta le tout pour le tout. Le temps manquait, elle ne pouvait pas se permettre d'y aller par quatre chemins :

– Il faut que tu la sauves, Éline ! Emporte-la loin d'ici ! Je t'en supplie tu es ma seule chance... Tu n'imagines même pas ce qu'elle va subir, si elle grandit ici, à sa merci...

– Comment ? Non ! C'est impossible !

– Tu m'as dit cent fois que tu voulais fuir, que tu ne supportais plus de vivre ici... de devoir cacher ton fils !

– Je regrette Annaëlle, tu sais que c'est impossible. Il me retrouverait et me tuerait !

Annaëlle s'apprêtait à répondre, mais la douleur la musela, forte et diffuse, elle eut la sensation qu'on la poignardait, elle blêmit.

– Annaëlle ?

Elle hurla.

Éline se pencha pour l'examiner.

– Annaëlle ! Il y en a un autre !

Oh mon Dieu ! Comment trouvera-t-elle la force de recommencer ?

Dans un accès de conscience, elle agrippa le poignet d'Éline.

– Va-t'en !

– Quoi ?

– C'est notre chance ! Emporte-la, personne ne saura puisqu'il y en un autre !

Elle voyait qu'Éline hésitait :

– Ne t'inquiète pas pour moi, tout va bien se passer la rassura Annaëlle, alors que la souffrance la déchirait de nouveau. Elle sentait qu'il fallait qu'elle pousse.

– Sauve-la, Éline ! Je t'en supplie !

La volonté de la servante fléchissait. *Cette femme est fondamentalement bonne,* songea Annaëlle, avec une gratitude infinie.

Elle céda et tendit les bras, pour prendre le nouveau-né. Alors, Annaëlle enfouit une dernière fois son visage dans le cou du nourrisson, humant son odeur. *Jamais elle ne pourrait oublier cette odeur.*

Son cœur se brisa, quand Éline la lui retira.

La femme de chambre remit sa cape, pour dissimuler l'enfant sous l'étoffe.

Elle s'apprêtait à quitter la pièce.

– Prends bien soin de toi, Annaëlle.

La tête lui tournait, elle commençait à divaguer sous l'afflux de la douleur. L'exquis minois de la fillette, qui hantait ses rêves s'imposa à son esprit. Dans un souffle, elle murmura, avant que la porte ne se refermât :

– Annabeth… elle s'appelle Annabeth.

Éline acquiesça, le visage rongé par l'inquiétude et s'éclipsa. Annaëlle la vit disparaitre en emportant le fruit de ses entrailles dans son sillage, la laissant seule face à une nouvelle vague de souffrance, qui la submergea : intense, trop intense.

Derrière ses paupières closes, la fillette de son rêve lui souriait courageusement. Happée par le flot de douleur, elle perdit connaissance.

- LE ROI GUIL -

Judith avait supplié le Roi de l'emmener avec lui et après réflexion, il s'était rendu à l'évidence : cela lui fournirait une excellente couverture. Rares étaient les personnes qui savaient, qu'elle était sa maîtresse.

Laissant son titre entre les mains de Liam, le Roi renouait avec son corps primaire, avec un plaisir non dissimulé.

Il s'offrit donc le luxe, de partir en quête de sa nouvelle recrue, sans escorte, à l'image de n'importe quel va-nu-pieds du royaume, qui voyagerait seul avec sa femme.

Un de ses informateurs prétendait que l'Œil se trouvait, dans les montagnes rocheuses, non loin du Mont-Satire. D'après les dires de ce dernier, l'homme parvenait à voir dans l'esprit de sa victime sa plus grande peur, qu'il pouvait ensuite mettre à exécution en une fraction de seconde. De telle sorte que si sa cible nourrissait l'angoisse de la noyade, il possédait la faculté de la faire périr engloutie par les flots. Immédiatement, ses informations avaient éveillé la convoitise du Souverain, qui décida, sans hésiter, de lui faire rallier ses rangs bon gré mal gré.

Après le dernier séjour de l'Œil, dans un petit village côtier, il ne restait plus âme qui vive pour témoigner de son passage. Mais le massacre sanguinaire qu'il laissait derrière lui, était en soi, un aveu des plus cuisants.

L'Œil n'était pas le genre d'homme, que l'on trouvait facilement. Pour la simple et bonne raison, qu'il ne désirait pas qu'on le trouve. Il vivait en ermite et se déplaçait sans cesse, pour ne pas être retrouvé. Mais malgré ses efforts, il ne passait jamais inaperçu bien longtemps ; ses démons finissaient toujours par refaire surface.

Le Roi et sa maîtresse, partirent donc sans tarder, sachant que l'enfant ne devait pas arriver avant près de deux mois.

Guil exultait, en songeant à la meilleure façon dont il pourrait mettre fin à la misérable vie d'Annaëlle. Il savait que Judith la remplacerait aisément. L'enfant, bâtard ou non, demeurerait son fils et tout prêtait à croire qu'il tiendrait de lui et non de sa misérable mère. Avec ses gènes, il ne doutait pas de lui avoir légué des dons puissants, qui feraient de lui un membre éminent de la race supérieure. Il ne tolérait pas que les erreurs du passé se reproduisissent et que son fils fût élevé au contact de la race inférieure.

Judith, elle, était de sa race. Elle possédait des capacités exceptionnelles, elle serait parfaite. Néanmoins, si par malheur l'enfant se révélait exempt de toute faculté, il ne lui serait alors plus d'aucune utilité et il devrait s'en débarrasser sans tarder…

La route fut longue, mais lorsqu'enfin le Mont-Satire se dessina devant eux, leur plan était rodé.

Ils tombèrent nez à nez avec l'Œil, alors qu'il était aux prises avec une meute de loups sauvages. Ils assistèrent, médusés, à la fin tragique des pauvres bêtes. Le Roi éprouvait depuis toujours, plus de sympathie pour les bêtes sauvages, que pour les hommes pour la simple et bonne raison, qu'il partageait le même instinct primitif de survie.

Encerclé par la meute, l'Œil lévitait à plusieurs mètres au-dessus du ciel. Au moment où il tendit les bras - comme dans un geste d'apaisement - son œil atteint de strabisme devint laiteux et les loups s'embrasèrent successivement, dans un concert de plaintes glaçantes, sous la lueur de la pleine lune. Judith profita de cette distraction, pour projeter des sangles de cuir, qui l'entravèrent de toute part, en privilégiant l'œil - d'où de toute évidence - découlaient ses pouvoirs.

Ensuite, ils n'eurent plus qu'à patienter, jusqu'à ce que l'homme acceptât l'alliance non discutable, qu'ils exigeaient de lui.

Lorsqu'il capitula enfin, ils rebroussèrent chemin en prenant soin de dissimuler son « œil », afin de se préserver du sort funeste, qu'il pourrait bien leur réserver.

L'accord était fragile, l'homme aimait trop sa liberté. Guil savait qu'il lui faudrait du temps, pour le gagner réellement à sa cause et il comptait sur le don d'Aaron, pour finir de l'en persuader.

– Je vais y gagner quoi, moi, à faire cette guerre à part risquer ma peau ? Faut pas croire, mais j'suis pas du genre à aimer tuer juste pour le plaisir de tuer…

Judith ricana :

– Si toi tu n'es pas du genre à aimer tuer, moi je suis une Sainte.

– C'est juste que parfois, ils sont là, tous, dans ma tête. Et que ça jacasse de ceci et de cela, tout le monde y va de son avis. Ils veulent sortir, ils ont faim et paf je baisse la garde…Quand j'me réveille tout le monde est mort. Qu'est-ce que j'y peux, moi, là-dedans ?

Hector commençait à regretter de lui avoir retiré son bâillon, le seul qui jacassait ici c'était lui, et il fallait que cela cesse ! Quand il ne cherchait pas à négocier de l'alcool, il se plaignait des voix dans sa tête.

Créature perfide et insupportable ! ragea intérieurement le Roi, alors qu'enfin, le royaume d'Arka se dessinait devant eux.

- ANNAËLLE -

Annaëlle sentait qu'elle revenait à elle.

Non elle voulait rester ! Elle faisait de la balançoire avec sa fille, qui riait aux éclats… Sa fille !

Une onde de douleur la traversa et elle reprit conscience. Elle passa la pièce en revue, elle était seule, dehors il faisait nuit noire. Éline avait disparu.

Elle était à bout, tout son corps réclamait la fin de ce calvaire, de ce supplice qui jamais ne cessait.

Une vague de souffrance la heurta de plein fouet, semblant se répercuter à l'infini, dans toutes les fibres de son corps, plus forte encore que les précédentes. *Il fallait qu'elle pousse, il fallait qu'elle le fasse pour son enfant…*

Mettant son épuisement de côté, ne pensant qu'à la vie qu'elle devait donner, elle s'agrippa aux barreaux du lit et s'accroupit en poussant de toute la force de sa volonté.

Elle hurla à pleins poumons, tandis que l'enfant voyait enfin le jour. Elle divaguait, luttant difficilement pour garder conscience.

Soudain la porte s'ouvrit à la volée, Ibisorg entra, suivi de près par Tania. La matrone resta sur le seuil de la porte, déconcertée :

– Où est Éline ? demanda-t-elle.

Annaëlle se sentait flotter au-dessus de son corps. Elle secoua la tête en signe d'ignorance, tandis qu'Ibisorg s'approchait d'elle, s'emparant de l'enfant sur le lit et entreprit de couper le cordon ombilical, de ses mains froissées par le temps. Les cris vigoureux du nourrisson emplissaient toute la pièce.

Le vieil homme édenté était aussi aimable qu'une porte de prison, il marmonnait tout seul :

– Me faire venir pour accoucher une esclave ! C'est comme les animaux ça, ça a pas besoin d'aide… Bientôt ils voudront que j'accouche les porcs…

Si elle en avait eu la force, Annaëlle l'aurait certainement giflé, mais elle était anéantie.

Ibisorg l'interpella froidement, en approchant le nouveau-né :

– 10934.

Voilà que ça recommençait, il l'appelait par ce misérable numéro d'esclave… Plus facile de s'en souvenir que de son prénom, puisqu'il était gravé dans sa chair…

– C'est un mâle, reprit-il d'une voix plate, en lui posant l'enfant sur la poitrine.

Puis il se pencha pour la recoudre avec brusquerie.

Tania s'exclama :

– Le Roi ! Il arrive !

Elle sortit à toutes jambes.

Mais l'esprit d'Annaëlle était déjà loin, très loin. Au contact de la peau de son fils, le temps s'était comme suspendu, tandis que des images se mettaient à défiler à toute vitesse, derrières ses paupières :

Dans un premier temps, elle crut voir son reflet. La jeune femme brune lui ressemblait comme deux gouttes d'eau, jusqu'aux yeux couleur émeraude. La pièce somptueuse, n'avait guère changé depuis la dernière fois qu'Annaëlle s'y était rendue : elle se trouvait dans les appartements du roi.

La femme qui lui ressemblait étrangement, reposait étendue sur le lit. Elle hurlait à s'en déchirer les entrailles. À ses genoux, un Ibisorg moins âgé, recueillit le nouveau-né dans ses bras, l'emmitoufla dans une couverture et le déposa délicatement dans les bras de la jeune femme. D'un ton mielleux, servile, il déclara :

– C'est une fille ma Reine. En pleine santé, toutes mes félicitations !

La Reine respirait avec difficulté, elle perdait beaucoup de sang.

Ibisorg se précipita pour arrêter l'hémorragie.

La Reine embrassa la petite joue de l'enfant et prononça des paroles à l'oreille du nouveau-né, dans une langue inconnue. Alors, des symboles lumineux dessinèrent des sillons argentés sur le front de la fillette, qui disparurent aussitôt.

Ibisorg ne lui accorda pas un regard, tant il était absorbé par sa tâche, cherchant par tous les moyens à faire cesser le flot de sang, qui se répandait irrévocablement.

– Héléna... Ma toute petite Héléna... furent les derniers mots qu'elle prononça, avant que sa tête ne retombât, sans vie, sur l'oreiller.

Le nourrisson hurlait dans ses bras inanimés.

De longues minutes passèrent, avant que le médecin ne s'aperçût du décès de sa patiente.

Une version plus jeune du roi Guil, entra dans la pièce. Lorsqu'il découvrit sa femme sans vie, il hurla tel un animal aux abois, puis se précipita pour prendre sa fille dans ses bras. Instantanément, il se détendit et l'ombre d'un sourire se dessina sur son visage.

L'image devint floue et une autre scène se matérialisa. Annie, la femme d'un âge avancé qui habitait la masure abandonnée en ville, berçait une jeune enfant dans un berceau. Elle se trouvait dans les appartements royaux.

La petite Héléna ne devait pas avoir plus de trois ou quatre ans. Elle fixait intensément sa nourrice, de ses grands yeux verts, tout en gazouillant.

Soudain, le balancement du berceau devint hypnotique.

Il allait vite, de plus en plus vite, ce qui déclenchait de grands rires chez l'enfant. Et puis, tout à coup, le berceau fut vide ; Héléna se volatilisa sous le regard scandalisé d'Annie, qui criait son nom, aux abois.

La vision se brouilla et changea à nouveau.

Héléna se redressait en s'appuyant sur ses petits bras potelés, pour s'asseoir dans l'herbe. Elle arrachait des marguerites en riant.

Mais c'est mon jardin ! songea Annaëlle, déconcertée… Quel rêve étrange !

Alors, un homme costaud à l'air jovial, s'agenouilla près de l'enfant, il avait de grosses joues et des yeux rieurs au-dessus d'une barbe proéminente… Papa !

– Chérie ! Regarde qui est dans le jardin !

Une femme s'approcha, elle portait une robe fleurie et des cheveux courts, châtains, impeccablement coiffés et laqués, comme toujours… Maman !

Elle se pencha pour prendre Héléna dans ses bras.

– Oh ! Comme elle est jolie ! Mais que fais-tu ici petite merveille ?

– J'appelle la police, on doit la chercher partout cette petite fugueuse !

Annaëlle ouvrit les yeux, sonnée.

Elle baissa les yeux vers son fils et une bouffée d'amour indescriptible la submergea.

Ce n'était qu'un rêve… Ce n'était qu'un rêve, se martela-t-elle intérieurement, pour essayer de s'en convaincre.

Cette petite fille, c'était elle ? Les rêves ne sont jamais que des rêves ! se réprimanda-t-elle. *Mais était-ce seulement un rêve ? Elle ne dormait même pas ! C'était une vision pas un rêve… Une vision du passé !*

Elle se mit à rire d'elle-même, avant de se rappeler, qu'il n'y avait pas si longtemps que cela, le voyage dans le temps aussi lui semblait totalement improbable…

Alors si la vision était réelle… Cela voulait dire qu'elle était née, ici ! ICI dans cette époque ! ICI dans ce château ! Mais pire encore… Cela signifiait que le roi Guil était… son père ?

Cette pensée immonde, lui donna un haut-le-cœur et elle vomit en se penchant sur le côté du lit, tout en maintenant solidement son fils.

Son fils issu de l'inceste…

La tête lui tournait dangereusement.

- LE ROI GUIL -

Quand ils arrivèrent non loin des remparts, Hector reprit de mauvaise grâce la forme physique du roi Guil, sous les exclamations approbatrices de sa nouvelle recrue :

— Joli tour ! Mais entre nous… Il baissa d'un ton. T'étais quand même beaucoup mieux foutu avant, pas vrai ?

Le souverain siffla entre ses dents :

— Avance et ferme-la.

Il était grand temps qu'Aaron s'en charge, plus les heures passaient et plus son meurtre lui semblait une perspective envisageable.

En entrant dans la cour, ils tombèrent sur Liam qui revenait de la chasse.

— Mon Roi, le salua-t-il en se courbant.

Derrière son dos, l'Œil, moqueur, l'imita dans une révérence ridicule.

— Des nouvelles des autres ? le questionna Guil d'une voix doucereuse, en levant les yeux au ciel.

Avant son départ, le Roi avait reçu une missive de Misty, qui lui annonçait avoir perdu la trace de Léonie, de la servante et du garçon.

Le souverain avait accueilli cette nouvelle dans un tel accès de colère, que le messager en perdit sa tête. Relativement apaisé, par ce déchaînement de violence, il en avait fait mander un autre, pour leur envoyer sa réponse, brève, celle-ci les informait, que tant qu'ils n'auraient pas accompli leur mission, leur présence ne serait pas tolérée à Arka.

– Non, aucune mon Maître, répondit Liam, mal assuré.

Quelle bande d'incapables… s'insurgea-t-il.

Tania courait dans sa direction, il haussa les sourcils. *Qu'arrivait-il donc à cette ogresse ?* Il ne l'avait encore jamais vu courir, il ignorait même qu'elle en était capable.

– Votre Majesté… Elle exultait comme un veau. Vous avez un… vous avez un fils !

Le roi Guil et sa maîtresse se précipitèrent à l'intérieur. Ouvrant la porte de la chambre violemment, il arracha son fils des bras de sa mère. Judith se tenait fièrement derrière son Maître, un rictus mauvais sur les lèvres.

Guil fixait son fils avec fierté :

– Mon fils ! Regarde comme il est potelé, Judith. Une force de la nature ! Hector. Je le nomme Hector !

Il se pencha à l'oreille de Judith pour lui murmurer :

– Hector deuxième du nom…

Judith se mit à applaudir comme une petite fille. Le roi Guil lui tendit l'enfant, dont elle s'empara en défiant Annaëlle du regard.

– Cela te va à merveille… d'être mère, susurra-t-il à l'adresse d'une Judith rayonnante.

Annaëlle était proche de l'asphyxie.

Elle sa mère ? Cette folle cruelle, dénuée du moindre instinct maternel ? Hors de question ! Elle allait retirer tout de suite ses sales pattes de son fils !

– Il s'appelle Noham, gronda Annaëlle d'une voix sourde, tandis que l'image fugace d'un petit garçon, qui se tenait les hanches d'un air sérieux, se dessinait à son esprit.

Le roi Guil se tourna vers elle avec mépris.

– Tu n'es rien pour lui petite garce, sois déjà heureuse que je ne te le retire par sur-le-champ. Si Judith pouvait l'allaiter, tu ne serais déjà plus ici… Dès que nous aurons trouvé une nourrice, nous n'aurons plus besoin de tes services.

Annaëlle mourait d'envie de lui hurler au visage, à quel point elle n'était rien… *Rien d'autre que sa fille !*

Mais elle savait que cela n'arrangerait en rien la situation de son fils. Cela pourrait même l'empirer, s'il se décidait à le renier… *Serait-il capable de tuer son propre fils ?*

Guil plaça le nourrisson dans le berceau que l'on avait installé près du lit, sans qu'elle ne s'en aperçût.

Le berceau… LE berceau de la vision !

Celui-là même où, bien des années auparavant, elle avait passé ses toutes premières nuits ; avant que le destin ne l'emporte loin, très loin de toute cette désolation…

Voilà qu'elle était revenue au point de départ.

Mais à présent, seule comptait la survie de son fils.

- ANNAËLLE -

Annaëlle était seule : enfin.

Noham dormait paisiblement dans son berceau. Venir au monde l'avait épuisé et sa mère se trouvait dans le même état, mais elle ne pouvait se résigner à fermer l'œil. *Pas maintenant, alors qu'il fallait agir et agir vite ; le temps leur était compté.*

Bientôt ils lui retireraient son fils, dès lors elle ne pourrait plus lui être d'aucun secours ; car il la tuerait sans hésiter, elle en était convaincue. Elle devait fuir, mettre son fils à l'abri. Elle songea à Annabeth avec soulagement, son père ignorait jusqu'à son existence. Maintenant, il fallait qu'elle sauve son frère…

Mais comment ?

Enfermée à double tour, comme un animal en cage, elle ne voyait pas d'issue…

Lorsque Tania entra avec son plateau-repas, Annaëlle trouva son expression changée. En scrutant son visage, la jeune maman y lut un sentiment qui ne lui plut pas le moins du monde et mit à mal encore un peu plus, sa dignité malmenée.

C'était de la pitié.

Tania avait pitié d'elle.

Jusqu'alors, elle ignorait qu'il restait quelque part à l'intérieur de cette femme sans vergogne, un soupçon d'humanité… Alors, elle se rappela qu'elle était là, lorsque le Roi avait clamé son inutilité, signant ainsi son arrêt de mort.

Tania ne prononça pas un mot.

C'est ce qu'elle ne fit pas, qui ouvrit tous les champs des possibles à Annaëlle. En sortant, la matrone actionna la poignée, ferma la porte derrière elle, puis ses pas s'éloignèrent dans le couloir.

Pas de déclic de serrure.

Elle n'avait pas verrouillé la porte ! Il fallait agir maintenant ou jamais !

Annaëlle n'entendait pas le garde. Chaque nuit, durant un quart d'heure, le couloir était vide, jusqu'à ce qu'un autre homme vînt prendre la relève.

Alors ce serait maintenant !

La jeune femme s'assit difficilement et fit glisser ses pieds nus sur le sol glacé. Elle tenta de se lever. La tête lui tournait et elle manqua de s'étaler sur le sol. Elle finit par réussir à se lever et enfila sa cape à la hâte. Une chose était certaine : ça ne serait pas une partie de plaisir, loin de là !

Elle s'apprêtait à faire la chose la plus difficile de sa vie. Elle souleva Noham, délicatement, pour ne pas le réveiller et le glissa sous sa cape, comme l'avait fait Éline quelques heures auparavant avec Annabeth.

Éline… D'après elle, il existait un passage, une sortie de service, qui permettait de quitter l'enceinte du château, sans passer par l'entrée principale. Cela faisait des années que son fils se cachait dans les lieux, car il était interdit aux servantes d'emmener leurs enfants dans les murs. Pourtant, Melvyn, le fils d'Éline, parvenait à se faufiler comme une ombre dans les recoins, sans jamais être découvert !

Si un enfant réussissait cet exploit, elle pouvait certainement faire de même…

Elle poussa délicatement la porte de la chambre et sortit dans le couloir, le longeant à pas feutrés, malgré sa faiblesse et la souffrance provoquée par chacun de ses pas.

Elle y était presque.

Tout au bout du couloir, elle voyait l'immense tableau défraîchi. Derrière celui-ci, devait se trouver un escalier de service en ruine… Il lui faudrait être très prudente.

Elle entendit un bruit et se figea net.

Ça ne pouvait pas déjà être le garde ! Pas déjà !

Elle se colla au mur et tenta de se fondre dans la pénombre ambiante. Une porte s'ouvrit et se referma brusquement.

Puis, ce fut le silence.

Après s'être assurée d'être seule, elle s'autorisa à respirer de nouveau. Elle avança, avec une lenteur calculée, fit coulisser le tableau d'une main, serrant Noham contre son cœur de l'autre. Puis elle passa une jambe dans le passage, s'appuya contre le mur et disparut entièrement à l'intérieur. Ensuite, elle prit soin de replacer le tableau derrière elle.

Les marches s'effritaient, la descente fut longue et périlleuse, elle ne voulait pas prendre le risque de chuter, encore moins avec son fils dans les bras.

Enfin, Annaëlle sentit l'air frais sur son visage. Elle ne s'était pas retrouvée dehors, depuis près de quatre mois.

Recouvrant son visage de sa capuche, elle traversa le parc, en se faufilant parmi les ombres. Elle marchait silencieusement dans la nuit, son fils toujours endormi sous sa cape. *C'est bien mon chéri, continue comme ça, dors… Bientôt nous serons loin d'ici.*

Une détermination farouche l'habitait, malgré l'équilibre fébrile de ses jambes, son corps entier était animé d'un imperceptible tremblement : l'adrénaline, l'instinct de survie. Elle déambulait sur les pavés, parmi les maisons de pierre.

Enfin, elle s'arrêta devant la masure qui semblait sur le point de s'écrouler. Après s'être assurée que la ruelle était vide, elle poussa doucement la porte, qui grinça désagréablement sur ses gonds. Elle n'eut pas besoin d'allumer de bougie. Tel un chat, à la vision aiguisée, elle savait où elle allait.

Annaëlle longea le mur, frôla une table bancale sur laquelle se trouvait une lampe à huile, dont elle s'empara au passage et ouvrit la porte du placard. Ses mains, mûes d'une vie propre, palpèrent le sol et glissèrent les doigts dans une rainure du parquet émacié.

– Te voilà enfin !

Annaëlle sursauta, suspendant son geste.

Annie la dévisageait, à la lueur du chandelier qu'elle brandissait, créant des ombres mouvantes autour d'elles.

– Ah ! Annie, c'est vous ! Je vais utiliser le passage que vous m'avez montré… Je dois sauver mon fils… Elle écarta sa cape pour lui montrer l'enfant.

Surprise, la vieille femme s'approcha en secouant la tête :

– Un fils ? Séléna tu perds l'esprit, c'est une fille que tu as eue, la petite Héléna…

Soudain, son visage se décomposa et elle s'écria :

– Séléna je ne voulais pas ! Ce n'était pas ma faute ! Elle était là et l'instant d'après elle avait disparu !

Réveillé par les cris d'Annie, Noham se mit à hurler à pleins poumons. Annaëlle tenta de le faire taire, mais elle comprit vite que c'était peine perdue, le petit était affamé. Alors, elle s'assit au sol et entreprit de lui donner le sein, les hurlements cessèrent. La jeune femme plongea ses yeux dans ceux de la vieille dame :

– Je sais Annie… Ce n'était pas votre faute. C'est moi… Héléna. Je suis la fille de Séléna et du roi Guil.

Médusée, la vieille femme ouvrit la bouche et la referma comme un poisson hors de l'eau. Puis elle se mit à sangloter en reniflant, marmonnant des mots incompréhensibles.

Annaëlle murmura :

– Nous devons y aller maintenant.

Annie s'approcha d'elle et la serra dans ses bras :

– Héléna… C'est bien toi ?

Livide, elle acquiesça silencieusement et saisit la main de la vieille femme :

– Écoutez-moi Annie, je vais devoir descendre là-dedans, avec mon fils. J'ai besoin de savoir ce qui nous attend.

Annie se rengorgea et essuya ses yeux, d'un revers de la main :

– Le salut pour le juste… Une longue errance pour le mal !

Annaëlle la regardait sans comprendre, Annie poursuivit :

– Le Désert Maudit, est… maudit, mon enfant. Si ta cause est juste et ton cœur est bon, il pourra choisir de t'accueillir comme une mère aimante, de te chérir et d'assurer ta subsistance ; dans le cas contraire, il te consumera.

Annie était folle, elle ne comprenait rien à ce qu'elle lui racontait. Elle parlait du désert comme d'une entité propre, capable de choisir, de protéger ou d'anéantir… Mais Annaëlle n'avait pas d'autre solution, elle devait tenter sa chance dans le désert.

Dans le désert avec un nourrisson… Quelles étaient leurs chances de survie ? Minces, trop minces, voire inexistantes… Mais mieux ne valait-il pas mourir que de subir la cruauté du roi Guil ? Noham était son fils, mais le fait qu'il soit de son sang le protégerait-il de sa folie sanguinaire ? La réponse était non, elle savait le souverain incapable d'aimer. Si son fils grandissait dans ce château, seule une servitude totale et sans limite lui octroierait le droit de vivre. Avait-elle donné la vie à son fils, pour la reprendre quelques heures seulement après sa venue au monde ? Alors que ses petits poumons découvraient à peine comment respirer ?

Elle se résigna, décidant coûte que coûte, de mettre le plus de distance possible entre le Roi et son fils… Cela même, si elle ignorait où cela les mènerait.

Alors, sous le regard affligé d'Annie, Annaëlle se glissa avec d'infinies précautions à l'intérieur de la trappe, Noham somnolant dans ses bras.

La voix de la vieille dame leur parvint une dernière fois de la surface :

– Bonne chance mes petits…

Les pleurs d'Annie les accompagnèrent quelque temps, puis le silence s'installa.

L'odeur de rance et de moisissure la prenait à la gorge. S'ensuivit un dédale de couloirs sombres, délabrés, qui s'enfonçaient toujours plus profondément sous la terre.

Dans l'atmosphère ambiante, ses pas se répercutaient en écho des plus sinistres.

Annaëlle alluma la lampe à huile, pour ne pas trébucher sur les gravats au sol, mais sa lumière faiblissait petit à petit.

Enfin, ils refirent surface au beau milieu de nulle part. Autour d'eux, s'étendait un désert sans fin.

Alors, la jeune femme entama une longue marche, marchant encore et toujours. Malgré la faiblesse de ses jambes et ses pieds nus en sang, elle semblait ne jamais vouloir s'arrêter.

- LE ROI GUIL -

Le Roi Guil ne parvenait pas à croire que cette misérable catin, avait emporté son fils ! Il tapa du poing sur la table avec véhémence. Judith qui lui massait les épaules pour tenter de l'apaiser, recula en poussant un cri aigu.

Lorsqu'il la retrouverait - car il la retrouverait il en était certain - il lui arracherait chaque membre un à un...

— Mon Roi ! s'écria Dean, en arrivant au pas de course dans le bureau du Souverain, des pleurs d'enfant ont été entendus dans la maison d'la vieille folle !

— L'ancêtre ? Annie ?

— Oui, mon Roi !

Encore cette vieille folle ! Près de douze ans auparavant, sa fille avait été enlevée, alors qu'elle était sa nourrice et voilà que cela recommençait ! Son fils se trouvait chez elle, avec sa garce de mère ? Il savait bien qu'il aurait dû la tuer à l'époque... Voilà ce qu'il gagnait, lorsqu'il se montrait miséricordieux !

Quelques instants plus tard, le Roi et sa garde, composée d'une quinzaine d'hommes, se tenaient dans la masure en ruine de la vieille Annie. Garde constituée en grande majorité, par des hommes des plus lamentables, dépourvus de tout talent propre à la race supérieure, se lamenta intérieurement le Roi.

Bientôt, très bientôt, il échangerait ces êtres misérables par des hommes de valeur !

En l'absence de Misty, Alastor et Ménélas, il devait se contenter de Judith, Liam et de sa nouvelle recrue l'Œil, moins bavard, depuis qu'Aaron avait pénétré son cerveau.

Mais Aaron se trouvait au plus mal, et les efforts qu'il avait déployés pour soumettre l'Œil, l'avaient plongé dans le coma. Son organisme luttait toujours contre le poison présent dans ses veines, il ne faisait donc pas partie de la troupe. Et en son absence, Guil doutait de la servitude de sa nouvelle recrue… Bien qu'il eût chargé Liam de le surveiller de près, avec sa flûte de Pan.

Le roi Guil concentra son attention sur Annie.

Il se tenait assis sur une chaise bancale et usée par le temps, en face de la vieille femme, qui refusait de lui dire où se trouvaient son fils et sa garce de mère.

– Espèce de vieille sotte ! Tu sais que tu finiras par parler !

Il se pencha et lui cassa un doigt.

Elle hurla mais ne répondit pas. Il continua avec deux supplémentaires, toujours aucun mot. Il perdait patience.

Il la trouverait avec ou sans elle !

Se levant, il ordonna à ses gardes de retourner chaque centimètre de la maison ; son fils ne pouvait être qu'ici !

À bout de patience, il sortit son épée, mais l'Œil s'interposa :

— Il vaut mieux que j'en finisse moi-même ! Il lui fit un clin d'œil.

Quelle insolence ! Guil fulminait de rage. *Comment osait-il se mettre en travers de son chemin !*

Il s'apprêtait à en découdre, bien décidé à le discipliner en l'encastrant dans le mur…

Mais il n'en eut pas le temps.

La mort qu'Annie redoutait le plus, était que Séléna, mère éplorée, revienne du trépas pour se venger de la perte de sa fille. Et c'est ce qui se produisit, Séléna se matérialisa du néant ; image putride, sortant tout droit du tombeau. Elle s'empara de la lame du Roi et la planta droit dans le cœur de la vieille femme.

— AU NOM DE MA FILLE ! s'égosilla la revenante, en porta le coup de grâce.

Annie s'affaissa dans une mare de sang, agonisante, tandis que Séléna se volatilisait. Quelques minutes plus tard, une seconde Annie se matérialisa et l'Œil lui demanda d'une voix cajoleuse :

— Ma beauté, dis-nous où est l'enfant ?

Alors, la revenante se dirigea vers le placard et désigna la trappe de son index tordu.

Le roi Guil n'en croyait pas ses yeux. Quant à l'Œil, il se pavanait comme un paon et fut le premier à se glisser dans le passage.

- ANNAËLLE -

Annaëlle marcha toute la nuit sans jamais s'arrêter, malgré les plaies à vif qui lui mordaient les pieds et le sable qui en accentuait la douleur.

La fraîcheur hivernale d'Arka n'était plus qu'un lointain souvenir. Le Désert Maudit ne connaissait que chaleur aride et sécheresse funeste. Elle noua sa cape autour de sa taille, mais cela ne l'empêchait pas de suffoquer, dans l'atmosphère moite, dépourvue de la moindre brise d'air. Sa robe épousait son corps, lui collant à la peau, telle une sangsue vorace. Dans cette lutte désespérée pour la survie de son fils, chaque pas était une torture, un combat qu'elle menait quitte à sacrifier sa propre vie.

Quand verrait-elle la fin de cet enfer, de ce désert sans fin ? Finirait-elle par rencontrer, âmes qui vivent, qui puissent les secourir ?

Dans ce combat, elle était seule, seule au beau milieu d'une étendue de sable infinie.

Le jour pointait à l'horizon, zébrant le ciel de traînées rouge sang. Les rayons du soleil ne lui avaient encore jamais semblé si menaçants, ni si brûlants. Assoiffée, Annaëlle sentit que sa vision commençait à se troubler.

Le désert finira par nous engloutir… désespérait-elle. Dans son délire fiévreux, l'image d'un sablier immense s'imposa dans son esprit, le sable s'écoulait petit à petit jusqu'à ce que son fils et elle soient totalement ensevelis… Des larmes de désespoir tracèrent des sillons sur ses joues, salies par le sable.

Alors, elle entendit une voix.

Une voix qui lui rappela un vague souvenir. Elle résonnait avec force dans son esprit.

Tu dois y croire ma fille. Tu es forte. Plus que quelques mètres à parcourir…

C'était la voix de sa mère. Sa véritable mère, non pas celle qui l'avait élevée et aimée comme telle pendant toute sa vie, après l'avoir recueillie un matin au milieu de son jardin. Non, c'était la voix de la femme qui était morte en lui donnant la vie.

Une silhouette lumineuse marchait au loin devant elle, tel un voile de fumée délicat, sur lequel le regard ne pouvait s'attarder trop longtemps, au risque de le voir s'évanouir. La silhouette s'immobilisa un instant, pour faire signe à Annaëlle d'avancer, puis reprit sa marche silencieuse, ses longs cheveux sombres dansant dans son dos.

– Attends-moi mère ! supplia Annaëlle.

Avance, avance encore mon enfant. La voix de sa mère répétait inlassablement cette litanie.

Enfin une petite oasis se dessina devant elle.

Alors l'apparition de Séléna s'arrêta.

Annaëlle l'imita, en tombant à genoux dans la petite mare d'eau, tandis que l'image maternelle la contemplait avec amour.

Je suis tellement fière de voir quelle femme tu es devenue ma fille. Écoute-moi bien à présent… C'est le moment de croire. Tu dois croire au pouvoir du désert et ainsi lui confier ton fils l'âme sereine.

– Confier mon fils au désert ? répéta Annaëlle d'une voix blanche.

Oui ma fille. C'est ce que tu dois et c'est ce que tu feras. Le Roi sait. Le temps est compté, il sera bientôt là.

Annaëlle finit par mettre des mots sur la pensée, qui ne la quittait plus depuis sa vision.

– Et si… Elle déglutit difficilement, et si je voyageais dans le temps ? Cela s'est déjà produit deux fois par le passé. Ne pourrais-je retourner dans mon époque avec mon fils ?

À ces mots, le visage de Séléna se durcit. *Tu es ici chez toi, ton époque c'est celle-ci. C'est l'époque de ton fils…*

– Il doit survivre ! Dis-moi comment faire mère ! Dis-moi comment le mettre à l'abri.

La silhouette lumineuse se radoucit :

Je l'ignore mon enfant, c'est un don qui est en toi. Mais je sais la puissance du désert ! Écoute-moi maintenant. Confie-le lui, et il vivra.

– Mais… La formule que tu as prononcée le jour de ma naissance et le geste…

Ce n'était qu'un vieux rituel de protection, la coupa Séléna, *légué de mère en fille, de génération en génération. Ce n'est pas moi qui t'ai projetée dans le passé. Toi seule en es capable.*

Annaëlle se mit à réfléchir à toute vitesse.

La première fois qu'elle avait voyagé dans le temps, elle n'était qu'une enfant et n'en gardait aucun souvenir. La seconde était ancrée dans sa mémoire à jamais, elle n'avait pas formulé de souhaits quelconques…

Rien ! Elle n'avait rien fait, rien demandé, cela s'était produit contre sa volonté !

Tentant le tout pour le tout, elle se concentra de toutes ses forces, en fermant les yeux :

Rentrer chez elle, rentrer chez elle, RENTRER CHEZ ELLE !

Les minutes passèrent et rien ne se produisit.

Ma fille, ils seront bientôt là…

Annaëlle rouvrit les yeux et prit la décision la plus difficile de toute sa vie. Elle posa délicatement son fils, sur sa cape, à l'ombre de l'un des rares palmiers, qui se trouvait aux abords du point d'eau.

Alors, les paupières de Noham s'animèrent, laissant apparaître ses yeux d'un bleu profond. Il souriait à sa mère. Elle inspira profondément pour se donner du courage et se pencha vers son fils, pour dessiner une ligne invisible sur son front. Puis, elle se mit à réciter avec ardeur le rituel de sa vision, dans une langue qui lui était inconnue. L'apparition de sa mère joignit sa voix à la sienne, la guidant, prononçant les mêmes mots que ses ancêtres avant elle. Elle eut la sensation qu'ils étaient là, qu'ils lui transmettaient leur force. Une inscription se matérialisa sur le front de Noham, dans un alignement parfait au-dessus de l'arête de son petit nez. Comme si une main dessinait à l'encre du soleil. D'abord deux petits ronds, puis un plus gros parsemé de petites lignes, cela formait une sorte de soleil et pour finir encore deux petits ronds. L'enfant n'avait pas bronché, pas esquissé un mouvement. Puis l'inscription disparut comme elle était venue.

Annaëlle cessa sa litanie pour regarder son fils, les yeux pleins de larmes. Elle prit sa petite main dans la sienne.

– Noham mon petit… La chair de mon sang. Ne crois pas que je t'abandonne. Non… Je serai toujours près de toi.

Elle étouffa un sanglot.

– Tu vivras, je le sais. Le désert te protégera… Sa voix tremblait, serrée par l'angoisse. Elle se remémora les mots d'Annie et répéta :

– Il assurera ta subsistance et te chérira… Comme je l'aurais fait moi-même, si le sort en avait décidé autrement…

En prononçant ces mots, elle eut le sentiment de sceller un pacte avec une entité bien plus grande qu'elle-même. Alors, Annaëlle prit l'enfant dans ses bras et le couvrit de baisers, s'imprégnant de son odeur pour l'inscrire à jamais dans sa mémoire de mère.

– Je t'aime tellement Noham... furent les derniers mots qu'elle prononça en le reposant à l'abri du soleil, implorant silencieusement le ciel, de ne pas avoir sombré dans la folie.

L'image de Séléna s'était dissipée, comme elle était venue, la laissant seule, désespérément seule.

Elle se fit violence, serra les poings à s'en broyer les articulations et rebroussa chemin, sans un regard en arrière. La jeune femme se dirigeait en direction d'Arka, à la rencontre de son destin.

Elle laissait la chair de sa chair en plein milieu du désert. Fallait-il qu'elle eût perdu la raison…

Quand Annaëlle disparut de la vue de l'enfant, il pleura à pleins poumons et son cœur sombra dans sa poitrine pour ne laisser qu'une plaie béante.

Elle marcha encore et encore, comme une âme en peine.

Était-elle seulement encore en vie ?

Elle entendait des bêtes.

Des chiens peut-être ? Pourquoi s'en serait-il privé ? Il savourait trop l'odeur du sang. Elle qui espérait mourir d'épuisement avant qu'il ne la trouvât…

Les bêtes se rapprochaient.

Avait-elle seulement mis assez de distance, entre lui et son fils ?

Soudain, des cadavres de loups carbonisés, animés d'une vie propre, la cernèrent de toutes parts.

Ils se jetèrent sur elle.

Le monde sombra dans le néant, tandis qu'elle s'écroulait dans le sable. Les loups se rassasièrent de sa peau, la mordant encore et encore…

Alors, les hommes du Roi arrivèrent dans son champ de vision, ils montaient des chevaux en putréfaction.

L'Œil rappela ses bêtes de l'enfer.

À demi morte, Annaëlle entendit le Roi hurler :

– OÙ EST MON FILS ? DIS-MOI OÙ EST MON FILS SALE GARCE !

Silence.

Il n'obtint aucune réponse.

Plus aucun son ne pouvait franchir les lèvres d'Annaëlle.

Mû d'une rage folle, animale, le roi Guil attacha ce qui restait d'elle à l'arrière de son cheval en décomposition, qu'il lança dans une course effrénée…

Un dernier sursaut de vie lui fit ouvrir les yeux.

Elle regarda autour d'elle.

Elle était chez elle, dans l'herbe mouvante de son jardin. Le ciel était bleu, sans un nuage à l'horizon, comme les yeux d'Isaac.

En contrebas, la maison de son enfance semblait l'envelopper de ses bras protecteurs. Un sourire naquit sur ses lèvres, juste avant que la mort ne l'emporte.

Enfin, elle était à la maison.

À SUIVRE…

- REMERCIEMENTS -

Merci Mamie pour ton amour inconditionnel et ta volonté de fer. Tu es, à jamais, mon pilier et mon modèle.

Merci Maman de m'avoir montré, par ton courage, que l'on pouvait se relever plus forte des épreuves de la vie.

Merci à mon frère et à ma belle-sœur pour leurs soutiens et leurs encouragements quotidiens.

Merci à mon amie Lucie pour sa bienveillance, les ondes positives dont elle m'inonde jour après jour, pour ses encouragements et son soutien sans faille.

Merci Papa pour ma force et pour m'avoir offert ce premier tome d'Harry Potter qui a tout changé.

Merci à J.K. Rowling de m'avoir happée dans son univers et de m'avoir transmis l'amour de la lecture sur les bancs du collège.

Merci à Mme David, ma professeure de français, pour avoir été la première à me donner le goût de l'écriture.

Enfin et surtout, merci Papi pour tes conseils avisés qui résonnent toujours en moi. Merci d'avoir été le premier à m'encourager à écrire en me demandant ardemment la suite de l'une de mes histoires : la suite la voici, enfin, elle est pour toi.

- BIOGRAPHIE -

Élodie Vallée Wielgosz est née en 1992. Villeneuvoise, elle travaille dans la communication depuis quatre ans. Sa passion pour les livres commence par la découverte de la saga Harry Potter, sur les bancs du collège, qui la mène bien vite sur le chemin de l'écriture. Cet engouement insatiable donnera finalement naissance à un roman dans la bulle du confinement.

Pour suivre l'actualité de l'auteure, rendez-vous sur sa page Instagram et/ou Facebook : **elodie.v.w** ou sur son site internet :
evalleewielgosz.wordpress.com

Cet ouvrage a été composé et imprimé par
© Independently published, 2020
pour le compte de
© Élodie Vallée Wielgosz
en décembre 2020
Dépôt légal, janvier 2021

Printed in Poland
by Amazon Fulfillment
Poland Sp. z o.o., Wrocław

13483593R00128